www.ingramcontent.com/pod-product-compliance
Lightning Source LLC
LaVergne TN
LVHW050751051026
849532LV00008B/2835
* 9 7 8 9 3 5 8 7 2 3 3 5 9 *

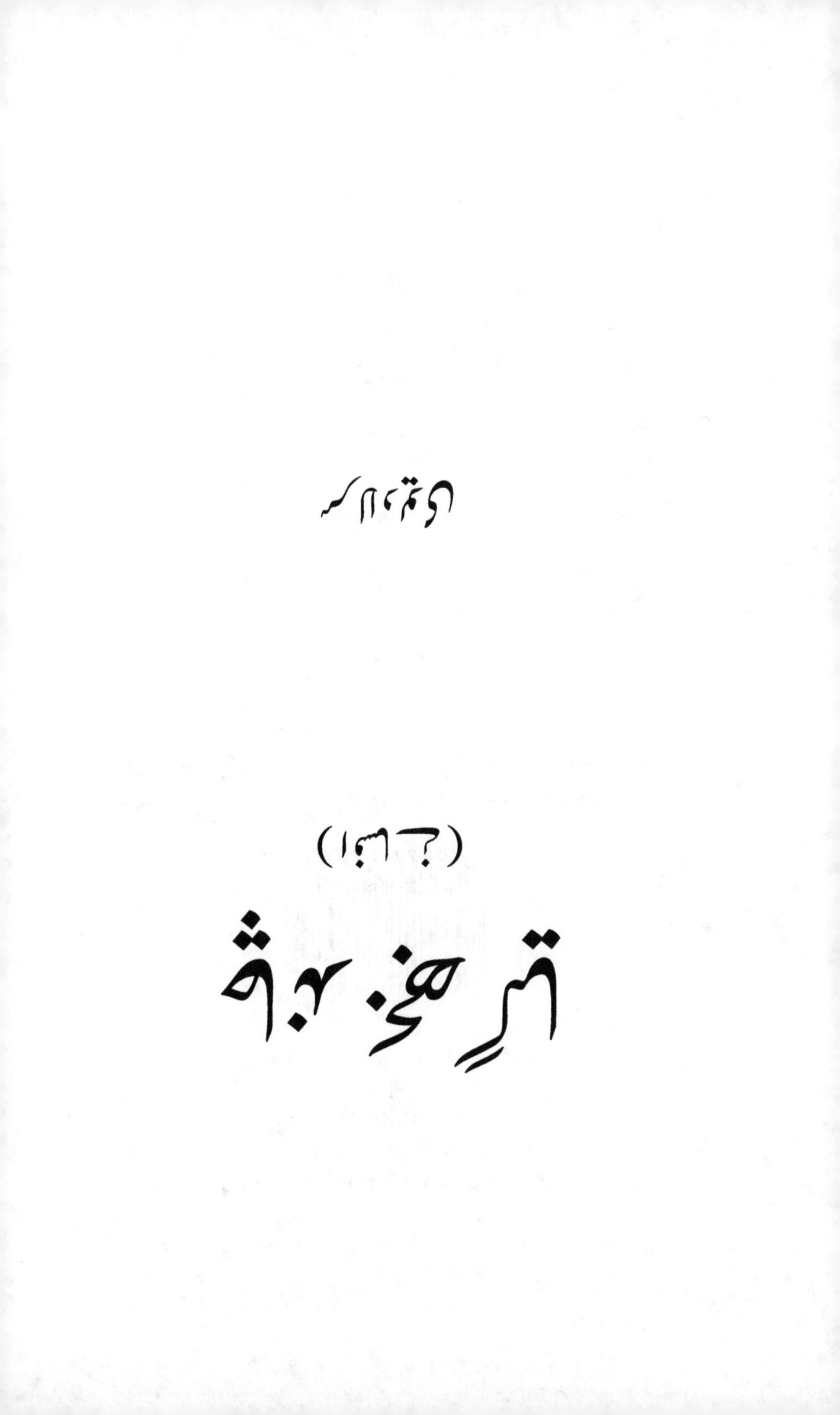

[illegible]

(ڈراما)

[illegible]

Chaand bujh gaya *(Short Stories)*

by: Sarla Devi

Edition: August '2024

Publisher :

Taemeer Publications LLC (Michigan, USA / Hyderabad, India)

ISBN 978-93-5872-335-9

کتاب	:	**چاند بجھ گیا** (افسانے)
مصنف	:	**سرلا دیوی**
صنف	:	فکشن
ناشر	:	تعمیر پبلی کیشنز (حیدرآباد، انڈیا)
سالِ اشاعت	:	۲۰۲۴ء
صفحات	:	۸۸
سرورق ڈیزائن	:	تعمیر ویب ڈیزائن

فہرست

دیباچہ

خواجہ احمد عباس

ادبی قابلیت موروثی جائیداد نہیں ہے جو کسی خاندان کے ہر فرد کو برابر تقسیم کی جا سکے۔ کبھی کبھی ایسا ضرور ہوا ہے کہ ایک ادیب کی اولاد میں سے بھی کوئی ادیب ہوا ہے۔ جیسے منشی پریم چند کے بیٹے امرت رائے، سجاد حیدر یلدرم اور نذر سجاد حیدر کی بیٹی قرۃ العین حیدر اور گوربخش سنگھ کے بیٹے نوتیج۔ مگر ہندوستان تو کیا دوسرے ملکوں کی ادبی تاریخ میں سوائے انگلستان کے سِٹ ویل خاندان (Sitwell family) کے، ایسا کبھی نہیں ہوا کہ کسی خاندان کی ایک ہی نسل میں دو یا تین ممتاز ادیب پیدا ہوئے ہوں۔ یہ فخر صرف کرشن چندر کے خاندان کو نصیب ہوا ہے کہ کرشن چندر کے علاوہ ان کے چھوٹے بھائی مہندر ناتھ اور بہن سرلا دیوی نے بھی ادب کے میدان میں نام پیدا کیا ہے۔

سرلا کے افسانے ہندوستان کے اکثر ممتاز رسائل میں شائع ہوتے رہے ہیں اور ان کی کہانیوں کا پہلا مجموعہ "کلنک" شائع ہو کر مقبول ہو چکا ہے، مگر ان کے بارے میں یہ کہنا ضروری ہے کہ سرلا صرف کرشن چندر کی چھوٹی بہن ہی نہیں ہے بلکہ وہ اپنی منفرد ادبی شخصیت رکھتی ہے۔ اگر آپ کا یہ خیال ہے کہ اس کے افسانے کرشن چندر کی دھیمی سی "کاربن کاپی" ہوں گے، تو یہ غلط ہے۔ ہو سکتا ہے کہ سرلا کے ادبی ذوق کو کرشن چندر نے پروان چڑھایا ہو، شاید کبھی لکھنا سکھایا ہو اور اصلاح بھی کی ہو۔ مگر سرلا کا اسٹائل اس کا اپنا ہے، اور اس کی کہانیوں کا مواد ایسا ہے جو کرشن چندر تو کیا کسی مرد کو کبھی حاصل نہیں ہو سکتا۔ صرف ایک عورت کی حساس نظر عورت کے نفسیاتی کردار کی ان گہرائیوں تک پہنچ سکتی ہے جو سرلا کی کہانیوں میں جا بجا ملتی ہیں۔

سرلا کی کہانیوں کا موضوع ہے "نئے ہندوستان کی نئی عورت"، جو ایک سسکتے ہوئے نظام کے فرسودہ بندھنوں میں الجھی ہوئی ہے مگر جس کے مجروح احساس کی کوکھ سے ایک نیا سماجی نظام جنم لینے والا ہے۔ سرلا کی اکثر کہانیوں پر ایک عمیق اداسی چھائی رہتی ہے۔ وہ اداسی جو ہندوستان کی بیشتر عورتوں کی موت نما زندگی پر چھائی رہتی ہے۔ وہ کالج کی فیشن ایبل لڑکیوں کے رومان قلمبند نہیں کرتی، اس کے افسانوں میں نہ حجاب امتیاز علی کے "اطالوی دریچے" ہیں نہ قرۃ العین حیدر کا کافی

ہاؤس میں خوش گپیاں کرنے والے بے فکروں کا ہجوم ہے۔ اس کے ہاں تو عصمت چغتائی کا بے پناہ نشتر جیسا تیز طنز بھی نہیں ہے جو سماج کے پھوڑوں کی چیر پھاڑ اس بے دردی سے کرتا ہے۔ سرلا جراح نہیں ہے، مصور ہے۔ اس کے افسانے سماجی اور نفسیاتی حقیقت کی عکاسی کرتے ہیں۔ ان میں آپ کو نعروں کی گونج نہیں ملے گی۔ مگر اس کے افسانے پڑھ کر آپ اکثر انقلابی نعروں کے اصل معنی سمجھ سکیں گے۔ بظاہر اس کے افسانے المیہ ہیں۔ بیماری، بیکاری، تھکاوٹ، زندگی سے اکتاہٹ، سماجی قیود، اقتصادی مشکلات --- یہ سب سرلا کے افسانوں میں ہوتا ہے۔ مگر اس کے ساتھ آس کی نظر اس "پہلی گلابی کرن" تک بھی جا پہنچی ہے جو پھیلے ہوئے اندھیرے میں سے پھوٹ رہی ہے۔

***

چاند بجھ گیا

جب سے ڈاکٹر ہو کر گیا تھا، گھر میں ایک منحوس سی خاموشی چھا گئی تھی۔ سب غیر معمولی طور پر چپ ہو گئے تھے۔ اِن کے ہونٹوں سے ہنسی یکسر غائب ہو گئی۔ وہ چل پھر رہے تھے، مگر سایوں کی طرح خاموش۔ ان کے چہرے ایک ساتھ لمبے لمبے ہو گئے۔ ان کی آنکھوں کی سفیدی ضرورت سے زیادہ نمایاں ہو گئی تھی اور چیزوں کو پکڑتے اور اُٹھاتے وقت اُن کی انگلیاں کانپ جاتی تھیں۔

گھر کے لوگوں میں اس تبدیلی کو موہنی نے بخوبی محسوس کیا۔ اس نے یہ بھی دیکھا کہ کمرے میں جو شخص بھی داخل ہوتا ہے، اُس سے آنکھیں نہیں ملاتا بلکہ جلد سے جلد باہر چلے جانے کی کوشش کرتا ہے۔ اُس نے ایک دو بار دریافت بھی کیا کہ ڈاکٹر کیا مرض بتا گیا ہے، مگر کسی نے تسلی بخش جواب دیا تھا۔ سب لوگ اس سے کچھ چھپانا چاہتے تھے۔ وہ اس کی آواز سُن کر چونک پڑتے تھے اور ایک بار آنکھیں ملا کر فوراً نظریں چرا جاتے تھے۔ موہنی کو کسی نے

کچھ نہ بتایا لیکن وہ سب کچھ جان گئی۔ یہ اس کی زندگی کا پہلا تجربہ نہ تھا اس قسم کے تجربہ سے وہ پہلے بھی ایک بار دوچار ہو چکی تھی۔

لیکن پہلے تجربہ میں اور دوسرے تجربہ میں زمین آسمان کا فرق تھا۔ اُس دفعہ موہنی چارپائی پر نہیں پڑی تھی۔ اُن دنوں وہ تندرست تھی۔ خوب صورت تھی۔ اس کے رخساروں کی رنگت گلابی، اور ہونٹوں کی سُرخی تازہ تھی۔ چارپائی پر اس کے پتا پڑے تھے۔ بخار نے اُن کا خون اور گوشت گھلا ڈالا تھا۔ اور ہڈیاں پیلی مردہ کھال کے نیچے بے ڈھنگے انداز میں پڑی رہ گئی تھیں۔ وہ چار مہینے سے بیمار تھے۔ پہلے ڈاکٹروں نے معمولی بخار بتایا۔ پھر ملیریا۔ ٹائیفائیڈ اور پھر ایک دن سارے گھر میں آج کی طرح سناٹا چھا گیا۔ خوف وہراس سے سب کانپ اُٹھے۔ ہمت اور حوصلہ جواب دے گیا۔ گھر میں موت کے سیاہ پروں کا سایہ پھیلتا دکھائی دیا۔ ڈاکٹروں نے اس کے پتا کو تپ دق کا مریض قرار دے دیا تھا۔ آج پھر موہنی کی آنکھوں کے آگے اُس کے بیمار پتا کی تصویر گھومنے لگی۔ تھوڑی دیر بعد یہ تصویر دھندلی پڑنے لگی اور اس میں سے ایک نئی تصویر اُبھرنے لگی —— یہ دوسری تصویر موہنی کی تھی —— موہنی کو سمجھنے میں کچھ دیر نہ لگی کہ اس نے اپنے پتا کی چارپائی سنبھال لی ہے۔

دق، ٹی بی ـــــــ موہنی کی چھاتی میں برچھیاں سی اُتر گئیں۔
وہ لرز اُٹھی۔ اس کا سارا بدن پسینہ سے شرابور ہو گیا۔ کیا اسے واقعی
دق ہو گئی ہے؟ کیا اس کی زندگی میں واقعی گھن لگ گیا ہے؟ موت
موت کا خیال آتے ہی موہنی کا سر چکرا گیا۔ موت کے
خوف نے اس کی روح کو جکڑ لیا ـــــــ لیکن دوسرے لمحہ یہ خوف
کافور ہو گیا۔ اس کی جگہ چنتا نے لے لی۔ میں مر جاؤں گی تو میرے بعد
میرے بچوں کا کیا ہوگا؟ میری سویٹ کا اور میرے اِس منّے کا جس کا
میں ابھی نام بھی نہ رکھ پائی ہوں؟ اور گویا موہنی کے لئے زندگی اور
موت کے تمام مسائل سمٹ کر اس مسئلہ میں سما گئے ـــــــ 'میرے
بچوں کا کیا ہوگا۔ میرے بچوں کا کیا ہوگا۔'
اس کا تخیل تصویر پیش کرنے لگا ـــــــ 'وہ موت کا
شکار ہو گئی ہے ـــ مر گئی ہے۔ اس کے بچے بھوکے پیاسے پڑے
بلک رہے ہیں۔ کسی نے ان کے بالوں کو نہیں سنوارا۔ کسی نے ان
کے کپڑے نہیں بدلے۔ کسی نے ان کے ماتھوں پر نظر سے بچنے کے
ٹیکے نہیں لگائے۔ یکایک اُس کا پتی ایک غیر عورت کو لے کر
گھر میں آیا۔ وہ عورت بہت خوب صورت ہے۔ اس نے اُس کے کپڑے
اور زیور پہنے ہوئے ہیں۔ لیکن جونہی وہ اُس کے بچوں کو دیکھتی ہے

اس کی تیوریاں چڑھ جاتی ہیں۔ چہرے کے خطوط بگڑ جاتے ہیں۔ آنکھوں سے شعلے نکلنے لگتے ہیں...... اور پھر—— پھر وہ بچوں سے دن بھر گھر کا کام کراتی ہے۔ اور شام کو اُن کی جھوٹی جھوٹی شکائتیں کر کے اپنے شوہر سے پٹواتی ہے اور رات کے تاریک سناٹے میں بچے اپنی ماں کو یاد کر کر کے روتے رہتے ہیں، بلکتے رہتے ہیں اور پھر تھک کر سو جاتے ہیں، کیا میرے بعد میرے بچوں کا یہ حال ہوگا؟ —— موہنی پریشان ہو اُٹھی، 'نہیں۔ نہیں۔ میں جیوں گی۔ میں اپنے بچوں کی خاطر مرض سے لڑوں گی۔ مرض کو شکست دوں گی'۔

موہنی زندہ رہنا چاہتی تھی۔ اس نے سدا زندوں کی طرح رہنا چاہا تھا۔ اس نے غریب شیکھر سے اپنی ماں کی مرضی کے خلاف صرف اس لئے شادی کی تھی کہ شیکھر سے جُدا رہ کر وہ جیتے جی مرجاتی۔ مُردوں کی طرح جینا اُسے پسند نہ تھا۔ وہ بہت خوب صورت تھی۔ غریب ہوتے ہوئے بھی اس کے لئے اچھے گھرانوں کے رشتے آئے تھے۔ وہ اگر چاہتی تو کسی امیر گھرانے میں شادی کر کے زندگی عیش سے گزارتی۔ لیکن اس نے ہر قسم کے لوبھ اور لالچ کو تیاگ کر شیکھر سے پریم وِواہ کر لیا—— شیکھر جو ۱۲۵ روپیہ ماہوار کا کلرک تھا۔ شادی کے بعد ایک سال اُنہوں نے بڑے سُکھ اور شانتی میں

بِتایا تھا۔ جیون مسکراہٹوں اور قہقہوں کی لڑی بن گیا تھا۔ اُن کی صُبحیں روشن، شامیں سلونی اور راتیں کجراری تھیں۔ گھر میں فرنیچر نہ تھا، رنگ بِرنگی ریشمی کپڑوں کے ڈھیر نہ تھے۔ مخملی ڈبوں میں زیور نہ تھے۔ سیر کے لئے کار اور تفریح کے لئے روپے نہ تھے۔ مگر محبت تھی۔ خوشی تھی، شانتی تھی۔ گھر میں دو پرانی تھے۔ جو تنخواہ ملتی اس میں گزر کر لیتے اور زندگی کی دوسری آسائشوں کی کمی کو اُن خوابوں سے پورا کرتے جو دونوں مل کر اس وقت دیکھا کرتے جب رات کا کاجل رچ جاتا۔ ستارے بڑے بڑے ہیروں کی طرح آسمان کی گہری نیلی مخمل پر جگ مگ کرنے لگتے اور چاند آسمان کی پیشانی پر جھومر کی طرح چمکنے لگتا۔ وہ خواب دیکھا کرتے ——— 'ہمارے بچہ ہوگا۔ ہم اُسے بڑے پیار سے پالینگے پڑھائیں گے، لکھائیں گے۔ وہ بڑا ہو کر ایک خوب صورت جوان نکلے گا اور ہم بوڑھے ہو کر آرام کی زندگی گزاریں گے'۔ سچّا سادہ معصوم خواب۔ زندگی سے اپنے لئے نہیں بلکہ اپنے بچّے کے لئے ایک درخشاں مستقبل کی آس جس دن ان کو اپنے اس خواب کے پُورا ہونے کی آس بندھی، وہ کس قدر خوش تھے۔ اُن کی آنکھوں کے تلے ناچ رہے تھے اور ان کے کانوں میں اُن کے ہونے والے بچے کی کلکاریاں گونج رہی تھیں۔ انہوں نے بڑے شوق اور بیقراری

سے اُس دن کا انتظار کرنا شروع کیا جب ان کا بچہ ان کی گود میں آئیگا۔
لیکن موہنی کو جوں جوں دن چڑھنے لگے، یہ شوق، یہ بے قراری
مرجھاتی گئی۔ موہنی کی صحت گرنے لگی۔ وہ تھکی تھکی سی رہنے لگی۔ اس
کے گالوں کا گلابی پن اور ہونٹوں کی سُرخی غائب ہونے لگی۔ تاچتی
ہوئی پُتلیوں پر تھکی ہوئی پلکیں پڑی رہنے لگیں۔ شیکھر اسے ڈاکٹر کے
پاس لے گیا۔ ڈاکٹر نے معاینہ کیا اور بتایا کہ جسم میں خون کی بہت
کمی ہے۔ اُسے وٹامن چاہئیں اور ایکسٹریکٹ چاہیئے۔ خوراک
میں مکھن، گھی، دودھ، پھل زیادہ ملنے چاہئیں۔ اور پورا آرام دیا جائے۔
وہ دونوں وہاں سے لوٹ آئے۔ لیکن اب ان کے درمیان ایک
پیارا سندر بالک ہی نہ تھا، ان کے درمیان دوائیں، پھل، دودھ
گھی۔ اور ایک نوکر بھی تھا۔ موہنی سوچ رہی تھی کہ بناسپتی کی بجائے
اسے اصلی گھی کھانا چاہیئے۔ صحت اچھی ہونے پر ہی بچہ تندرست
پیدا ہو سکے گا مگر ان سب چیزوں کے لئے روپیہ چاہیئے۔ روپیہ
اور پہلی بار اس کی زندگی میں روپے کی اہمیت ابھر کر سامنے آئی۔
پہلی بار اسے احساس ہوا کہ شیکھر کی تنخواہ بہت تھوڑی ہے۔
پہلی بار اس کے دل میں یہ خواہش ہوئی کہ شیکھر کے پاس بہت
سی دولت ہو۔ اس کی تنخواہ زیادہ ہو ——— عیش کرنے کے

لئے نہیں بلکہ ایک صحت مند زندگی گزارنے کے لئے۔ ایک صحت مند بچے کی ماں بننے کے لئے۔ ایک جیو آتما کو جنم دینے کے لئے۔

لیکن شیکھر ایک کلرک تھا۔ اس کی تنخواہ بندھی ہوئی تھی اور بندھی ہوئی آمدنی میں بناسپتی گھی اور جائے کے بھورے پانی کے علاوہ کسی اور چیز کی آشا کرنا پاگل پن تھا۔ موہنی کا چہرہ مرجھا گیا۔

اب ہر لمحہ اور ہر قدم پر موہنی کے سامنے تلخ حقیقت آکھڑی ہوتی۔ زندگی کے متعلق جو رومان انگیز تصور اس نے باندھے تھے، وہ اب منہ چڑاتے ہوئے بھاگنے لگے۔ موہنی کو محسوس ہونے لگا کہ وہ اپنے کو دھوکا دے رہی تھی، وہ ایک خیالی دنیا میں رہ رہی تھی جن چیزوں کی ضرورت کو اس نے شیکھر کی محبت میں فراموش کر دیا تھا، وہ اب کانٹوں کی طرح اس کی زندگی کے راستے میں آن کھڑی ہوئیں ہیں۔ اب موہنی کے دن شیکھر کے دفتر سے آنے کی آس میں، اور راتیں چاند تاروں کے رومان کی تلاش میں گزرنے کی بجائے، جھنجھلاہٹوں اور محرومیوں کے لمحہ بہ لمحہ گہرے ہوتے ہوئے احساس میں بیتنے لگیں۔

ہر لمحہ ایک نئی محرومی کا احساس ہوتا ——— اور یہ احساس اس کے اور شیکھر کے درمیان جھنجھلاہٹ کی ایک دیوار کھڑی کرنے لگا۔ لیکن یہ سب کچھ صرف ایسے لمحوں میں ہوتا جب موہنی تھکی ہوتی۔ اس کی طبیعت

گری ہوتی۔ کوئی کام کرنے کو جی نہ کرتا اور کام کا اُونچا پہاڑ اس کے سامنے ہوتا۔ موہنی کے لئے کچھ طاقت کی دوائیاں لانے اور دودھ وغیرہ منگانے کی وجہ سے تنخواہ ضرورت سے زیادہ ناکافی معلوم ہونے لگی۔

اور اس کا نتیجہ یہ ہوا کہ دوائیں پیتے وقت یا غذا کھاتے وقت موہنی کے ذہن میں حساب کی گردان سی ہوتی رہتی ——

'یہ چار روپے کا وٹامن کی گولیاں ہیں، لور ایکسٹریٹ کی گولیاں، گیارہ روپے کی آتی ہیں۔ اور دودھ کا بِل اکیلے تیس روپے آئے گا۔ اور اسے محسوس ہوتا ہے جیسے اگلے مہینے گھر کی گاڑی کسی صورت میں نہ چل سکے گی۔ اور کھایا پیا اُسے کچھ نہ لگتا۔ تکان۔ کمزوری۔ پریشانی۔ جھنجھلاہٹ —— اور جیسے موہنی کے مزاج میں ایک غیر معمولی تبدیلی آنے لگی —— ہونٹ بھنچے رہتے اور ماتھے پر ایک شکن ہر وقت پڑی رہتی۔ مگر ایسے لمحے بھی آتے جب ایک لمحہ کے لئے گھٹائیں چھٹ جاتیں اور چاند اپنی پوری آب و تاب سے نکل آتا انہیں حالات میں موہنی نے ایک بچی کو جنم دیا۔

بچی بہت خوب صورت تھی۔ اس کا گورا گول مٹول معصوم چہرہ دیکھ کر دونوں کے ہونٹوں پر مسکراہٹ آجاتی۔ وہ اُسے گود میں لیکر کھلاتے تو ان کے ماتھے سے پریشانی اور تردد کی لکیریں تھوڑی دیر

کے لئے مٹ جاتیں۔ وہ غیر شعوری کشیدگی جو موہنی اور شیکھر کے درمیان پچھلے چار پانچ مہینے میں پیدا ہو گئی تھی اک حد تک دور ہو جاتی۔

اب ان کی زندگی میں پھر اک ایسی چیز آ گئی تھی جسے وہ مشترک طور پر پیار کر سکتے تھے۔ جس کے متعلق ہم آہنگی سے باتیں کر سکتے اور جس میں دونوں اپنے غموں کو بھلا سکتے تھے۔ ماحول کی کشیدگی کم ہو گئی تھی۔ مگر یہ سب کچھ جذبات کی سطح پر تھا۔ حقیقت کی سطح پر حالات زیادہ خراب ہو گئے تھے۔ بچی کے ہونے سے دس طرح کے خرچ بڑھ گئے تھے۔ آمدنی کسی طرح نہ بڑھی تھی۔ تنخواہ آتی اور پچھلے مہینے کا حساب چکاتے چکاتے ختم ہو جاتی اور پورے اکتیس دن کاٹنے کے لئے صرف پندرہ روپے ہاتھ میں رہ جاتے ہیں۔ وہ تمام خواہشیں اور وہ تمام منصوبے جو وہ اگلے مہینے پورا کرنے کی امید سے باندھتے خاک میں مل جاتے اور پھر تنگی اور کفایت شعاری اور من کو مارنے کا دور شروع ہو جاتا۔ اس تنگ حالی کے نشانات گھر میں بھی دکھائی دینے لگے۔ کالروں، تیلونوں، ساڑیوں اور پلنگ کی چادروں میں جوڑ اور پیوند نظر آنے لگے۔ جو گلاس یا پیالے ٹوٹ جاتے ان کی جگہ نئے نہ آ پاتے۔ بچی کے کپڑے بنانے کی آرزو پرانی ساڑیوں کو پھاڑ کر

اور ان میں سے بنا پھٹے ٹکڑے نکال کر پوری کی جاتی۔ آنہ دو آنہ کے
خرچ پر میاں بیوی میں کھینچا تانی ہوتی۔ سینما اور سیر کرنا یکسر بند
ہوگئے۔ پیسے پیسے کا حساب رکھا جانے لگا۔ دونوں میں سے
جس کا رشتہ دار یا مہمان آجاتا اس کی گویا شامت آجاتی۔
——— دونوں ایک دوسرے کو پھاڑ کھانے کو دوڑتے۔
بدمزاجی اور چڑچڑاپن ان کے سبھاؤ میں رچ گیا ——— ہر
وقت گھر میں یہی سنائی دیتا ——— 'کھانا ضائع نہ کرو۔
کپڑے نہ بنواؤ۔ کپڑے ہاتھ سے دھوو۔ کوئلہ کم خرچ کرو۔'
غرض یہ کہ ذرا ذرا سی چیز پر روک ٹوک شروع ہوگئی۔ اب جب
کبھی وہ ساتھ ساتھ بازار جاتے تو ایک دوسرے کو دیکھ دیکھ کر
مسکرانے اور ایک دوسرے میں گم رہنے کی بجائے ان کی آنکھوں
میں دوسرے مرد عو۔ توں کے سوٹ، ساڑیاں۔ بلاؤز۔ اور کوٹ
زیور۔ بالوں کے جوڑے کھٹکتے۔ زندگی کا سکون غائب ہوگیا۔
محرومی کا احساس ہر لمحہ زیادہ شدید اور گہرا ہونے لگا۔ اور
پیار کی وہ دنیا جس میں شادی کے بعد اک سال تک وہ مسکراہٹ
اور پیار کے دن گزارتے رہے تھے اب مکمل طور پر برباد ہوگئی تھی۔
شاید اس حد تک بھی تو ہنی زندگی کے مقابلہ میں ڈٹی رہ سکتی

تھی۔ لیکن زندگی نے اس کی صحت کو بھی کھانا شروع کر دیا تھا۔ وہ ہر وقت تھکی تھکی رہتی ۔ اس کی کمر اور گھٹنوں میں جان نہ رہی۔ اُٹھتے بیٹھتے اس کی آنکھوں کے آگے سیاہی کے دائرے سے پھیلتے اور سمٹتے۔ اس کی جلد کی سفیدی میں سرخی کے بجائے ہلدی جیسی زردی جھلکنے لگی۔ رخسار جو کبھی مسکراہٹ کی وجہ سے سدا دمکتے رہتے تھے، اب مرجھائے مرجھائے رہتے اور ہونٹ کینیر کی ایسی کلیوں کی طرح بے رنگ ہو گئے۔

شیکھر کو موہنی کی گرتی ہوئی صحت کا احساس تھا۔ وہ جب دیکھتا کہ بلاؤز جو کبھی موہنی کے انگ انگ کو اجاگر کر دیتے تھے، اب ڈھیلے لٹکتے رہتے ہیں۔ اور چوڑیاں جو کبھی موہنی کی کلائیوں میں چندن کی ریکھاؤں کی طرح نظر آتی تھیں، اب پونہچوں میں پڑی رہتی ہیں، تو اس کی چھاتی میں گھونسا سا لگتا۔ وہ اس کو آرام پہنچانے کا پورا خیال رکھتا۔ وہ اپنا پیٹ کاٹ کے اور من مار کے اس کے لئے کچھ نہ کچھ لاتا رہتا۔ مگر مہنگائی اُسے مات پہ مات دے رہی تھی۔ تنگی کر کے وہ جتنا خرچ کم کرتا تھا اتنا ہی چیزوں کے مہنگا ہو جانے سے خرچ بڑھ جاتا تھا۔ اب وہ ہاتھ پاؤں سے بھی موہنی کی مدد کرتا اور اسے زیادہ سے زیادہ آرام دیتا۔ کپڑے

خود دھوتا۔ بستر خود بچھاتا۔ دفتر سے آکر بچی کو کھلاتا اور جب کبھی موہنی کی کمر یا اس کے سر میں درد ہوتا تو اپنی تھکن بھول کر گھنٹوں اس کا سر دباتا ——— لیکن اس کے قدموں کے نیچے کی زمین سرکتی جا رہی تھی۔ گھر کی حالت سنبھلنے میں نہ آتی تھی اور موہنی کے جسم کی ہڈیاں نمایاں ہوتی چلی جا رہی تھیں۔

اسی طرح آرام اور خوشی کے لیے چھینا جھپٹی کرتے کرتے زندگی کے دو سال گزر گئے۔ اب ان کی حالت اس قدر تنگ ہوگئی تھی کہ کھانے میں تنگی کرنے کی نوبت آگئی۔ گوشت کی بجائے اب ان کے ہاں دونوں وقت دال پکنے لگی۔ کوئی مہمان آجاتا یا کچھ لینا دینا پڑ جاتا تو قرض سر پر سوار ہو جاتا ——— زندگی کی چکی میں پستے پستے اُن کے جذبات بھی سرد پڑ گئے۔ اب کبھی کئی دن تک وہ ایک دوسرے سے بات نہ کرتے۔ انہیں خیال بھی نہ ہوتا کہ انہوں نے کئی دنوں سے ایک دوسرے سے باتیں نہیں کی ہیں۔ موہنی اپنے حلقہ میں گھومتی رہتی۔ شیکھر اپنے دائرہ میں گردش کرتا رہتا ——— رات کو دونوں اپنے اپنے جوڑے سے تھکتی ہار کر نیم جان سے چارپائی پر پڑے رہتے۔ پیار کرنے کو، چاؤ سے باتیں کرنے کو، دیکھ کر مسکرانے کو، زندگی میں کچھ نہ

رہا تھا۔ چاند ان کے لئے بجھ گیا تھا اور تارے ان کے لئے چیچک کے سوکھے ہوئے داغ بن گئے تھے۔ اب ان کے دل میں ایک دوسرے کے لئے کوئی جذبہ پیدا نہ ہوتا تھا۔ وہ چپ چاپ گھر میں چلتے پھرتے، کام کرتے۔ پڑ کر سو جاتے۔ کبھی کبھار اک آدھ لفظ منہ سے نکل جاتا، چونک کر نگاہیں مل جائیں مگر راکھ کی چنگاری کی طرح صرف ایک لمحہ کے لئے ——— پھر وہی غیریت ——— بے حسی ——— مٹیالی مردنی۔

اسی غیریت۔ بے حسی۔ مٹیالی مردنی کے سائے میں موہنی دوبارہ حاملہ ہوگئی ——— زندگی کے تابوت میں آخری کیل ٹھونک دی گئی۔ موہنی کے جسم میں بچہ جوں جوں پرورش پانے لگا موہنی کے ہونٹوں کی خشکی، آنکھوں کا پھیکا پن اور رگوں کا نیلا پن زیادہ نمایاں ہوتا گیا۔ جسم نے اس دوسری جان کو سینچنے سے انکار کر دیا۔ موہنی نے کھاٹ پکڑ لی۔ بچہ ہونے سے پہلے ہی حرارت رہنے لگی۔ بچہ ہوا تو بخار نے آ دبوچا۔ بخار جڑ پکڑ گیا۔ اور موہنی کی زندگی کی جڑ کھوکھلی ہوگئی۔ اور ایک دن ڈاکٹر نے کہہ ہی دیا۔ "موہنی کو دق ہوگئی ہے۔"

موہنی کمرے میں پڑی تھی بشیکمر اور اس کی بہن، جو تیمارداری

کے لئے آئی ہوئی تھیں، نہ جانے کہاں چلے گئے تھے۔ کمرے ہی میں نہیں بلکہ سارے گھر میں سناٹا تھا۔ پاس ہی پالنے میں بچہ پڑا سو رہا تھا ——— میرا لال، میرا چاند ——— کیا میں اپنے چاند کو اپنی گود میں لے کر نہ کھلا سکوں گی؟ جس کو میں نے اپنے خون سے سینچا ہے، کیا اُسے بے سہارا چھوڑ کر چلی جاؤں گی؟ ——— نہیں! نہیں میں نہیں مروں گی۔ میں جیوں گی! ——— میں نے اس دُنیا میں ایک نئی زندگی کو جنم دیا ہے۔ کیا دُنیا اس کے بدلے مجھے میری زندگی کا دان نہیں دے گی؟ ——— مجھے میری زندگی کا دان دیا جا سکتا ہے ——— میرا علاج کرا کر مجھے اچھی غذا دے کر۔ ہوا اور روشنی دے کر۔ یہ میرا حق ہے میرا حق مجھے ملنا چاہیئے ——— میرا حق مجھے ملنا چاہیئے! اس کی آتما پکار اٹھی۔

لیکن اُس کی آتما کی پکار کسی نے نہ سُنی کیونکہ کمرے میں کوئی نہ تھا اور کھڑکیاں اور روشن دان بند تھے۔

پہلی گلابی کرن

خط پڑھتے ہی لالہ کندن لال کا چہرہ زرد پڑ گیا۔ ایک گھبراہٹ نے ان کے سارے وجود کو ہلا کر رکھ دیا۔ انہوں نے جلدی سے دوکان بند کی، اور گھر کی طرف چل پڑے۔ آج وہ جلد از جلد گھر پہنچ جانا چاہتے تھے، مگر جیسے خود زمین ان کے پیروں تلے سے کھسکی جا رہی تھی۔ ان کے قدم نہ جمتے تھے۔ جیسے تیسے وہ گھر پہنچے۔ گھر پہنچتے ہی کندن لال نے اپنا کوٹ اتار کر کرسی پر پھینک دیا اور اوندھے منہ چارپائی پر پڑ گئے۔ ان کی بیوی جو اپنی نوکرانی زینتی سے پاؤں دبوا رہی تھی، جلدی سے اٹھی اور کندن لال کی چارپائی کے قریب جا کھڑی ہوئی۔ کندن لال نے آہٹ سن لی، مگر منہ اٹھا کر بھی نہ دیکھا۔ وہ گم سم پڑے رہے۔ پتی کی یہ عجیب سی حالت دیکھ کر وہ کچھ نہ سمجھ سکی۔ شبہات اس کے دل میں بھر گئے۔ اس کا دل کسی انجان خطرہ سے دھڑک اٹھا۔ گھبرائے ہوئے لہجہ میں بولی۔

"کیا بات ہے جی؟"

مگر لالہ جی خاموش ہی پڑے رہے۔ جواب نہ پاکر وہ ان کے قدموں کی طرف بیٹھ گئی ——— 'میرے رام ——— آج آخر انہیں ہو کیا گیا ہے؟ ——— کونسی فکر نے آگھیرا؟ کیا بلا آن آن پڑی؟ ——— یہ تو کبھی اس طرح ہراساں نہ ہوتے تھے۔ ان کے چہرے پر کبھی ایسی ہوائیاں نہ اڑیں ——— کہیں انکم ٹیکس کے معاملہ میں تو گڑبڑ نہیں ہوگئی؟ مگر اس معاملہ میں تو رشوت دے کر انہوں نے سب کچھ ٹھیک ٹھاک کرالیا تھا۔

پھر؟' ——— اس نے پھر اپنے دماغ پر زور ڈالا۔ اور یکایک اسے ایک بات یاد آگئی۔ خود اس کی آنکھوں میں آنسو بھر آئے۔ اور کلیجہ منہ کو آنے لگا۔

'کل آندرا کا شرادھ ہے۔ اس کی یاد نے لالہ جی کا جی اُداس کر دیا ہے۔' اپنی لاڈلی بیٹی کی یاد میں خود اس کے بھی آنسو نکل آئے۔

اندرا لالہ کندن لال کی اکلوتی لڑکی تھی، بہت حسین اور ذہین۔ جب وہ عمر پر آئی، تو جیسے اس کے انگ انگ کی کلی کھل اٹھی۔ وہ پھولوں سے لدی ڈالی نظر آنے لگی۔ لالہ جی کو اس سے

شروع ہی سے بہت محبت تھی۔ لیکن جب سے انہیں معلوم ہوا کہ شہر کے سب سے بڑے سیٹھ ہیرالال کا لڑکا دینا ناتھ اندرا کے روپ پر ریجھ کر خود شادی کے لئے تیار ہو گیا ہے، تو لالہ جی کی یہ محبت دو چند ہو گئی تھی۔

دینا ناتھ کے بارے میں لوگ جانے کیا کیا کہتے تھے — وہ شرابی ہے۔ طوائفوں کے ہاں جاتا ہے۔ جوا کھیلتا ہے، لیکن چونکہ وہ دولتمند باپ کا بیٹا تھا، اس لئے لوگ انہیں محض شوق کہتے تھے۔ اور پھر وہ دولت مندی کیا جسے کوئی شوق نہ ہو۔ —— لالہ کندن لال کو دولت سے اور اس لئے دولت مندوں سے ہمیشہ کی عقیدت تھی۔ چنانچہ انہیں دینا ناتھ کے مقابلہ میں شہر کے دوسرے خوب صورت تندرست اور نیک چلن پڑھے لکھے لڑکے نہ جچے کیونکہ ان کے پاس "کچھ" نہ تھا، یا اگر کچھ تھا بھی تو دینا ناتھ کے مقابلہ میں اس کی حقیقت کیا تھی؟

ان کا تو قول تھا کہ دولت مند کی جوتیاں اٹھانا بہتر، مگر کنگال کے سرہانے پر بیٹھنا ہیچ۔

اسی لئے تو جس دن منوہر لال نے آکر کہا "لالہ جی بھاگ جاگ گئے ہیں۔ کہو تو دینا ناتھ سے کام بنا دوں" تو لالہ جی پھولے

نہ سمالے۔ انہیں محسوس ہوا، ان کی قسمت کا ستارہ چمک اٹھا۔

اس دن کے بعد سے خود دینا ناتھ بھی ان کی دکان پر آ کر بیٹھنے لگا۔

"آپ کو دکان کے لئے مال وغیرہ کی ضرورت ہو، تو ہماری کوٹھی میں خبر کرا دیا کیجیے۔ آپ کو پریشانی اٹھانے کی قطعی ضرورت نہ ہوگی۔"

لالہ جی یہ سنتے اور اپنے اس پرم پرمیشور کا لاکھ لاکھ شکرادا کرتے جس نے ایک اوباش آوارہ بدچلن...... نہیں نہیں جس نے ایک دولت مند باپ کے اکلوتے وارث کو ان کی چندا جیسی بیٹی کے لئے ور کے طور پر چن کر خود ان کے دروازہ پر بھیج دیا تھا۔

جس دن دینا ناتھ ان کی دکان پر آتا تھا، گھر جا کر وہ آندرا سے دُونا دُلار دکھاتے۔ اس پر ان کی بیوی کہتی: "بیٹی تو پرایا دھن ہے اس سے اتنا موہ کیوں بڑھاتے ہو؟ گھر کا دیا تو بیٹے سے جلتا ہے۔" اس پر کندن لال کہہ دیتے۔ "میرے گھر کا چراغ تو اندرا ہے۔"

اور واقعی اندرا اگر ان کے گھر کا چراغ نہ تھی، تو ان کی

دکان کا چراغ ضرور تھی جس میں دینا ناتھ کی کوٹھی سے ہزاروں کا اُدھار مل آکر لگ گیا تھا۔ ان کی تجارت چمک گئی تھی اور ہر شام ان کی تجوری میں لکشمی کی جھنکار خوب زور سے سُنائی دینے لگی۔ اِسی جھنکار کے نشہ میں مدہوش ہو کر ایک دن لالہ کندن لال نے اپنی لاڈلی بیٹی کی سگائی دینا ناتھ سے کر دی۔ شادی بھی تین ماہ بعد کی ٹھہر گئی۔ مگر وقت کے تیور تو کچھ اور ہی کہہ رہے تھے۔

ایک دن اچانک تار آیا کہ اندرا کی موسی لاہور میں سخت بیمار تھی اور ان کے پاس کوئی نہ تھا۔ انہوں نے کچھ دن کے لئے اندرا کو اپنے پاس بلایا تھا اور لکھا تھا، کہ وہ اچھی ہوتے ہی خود اندرا کے ساتھ چلی آئیں گی۔ لالہ کندن لال اندرا کو بھیجنے کے لئے تیار نہ تھے۔ ایک تو اس کی شادی کے تین ماہ رہ گئے تھے اور گھر میں کام کاج پھیلا تھا۔ دوسرے لاہور میں جھگڑے فساد ہونے لگے تھے۔ لیکن ان کی بیوی نہ مانی۔ اس نے اپنی بہن کی مصیبت کو اپنی مصیبت سمجھا اور اندرا کو لاہور بھیج دیا۔

یہ ان دنوں کی بات تھی، جب صدیوں کی غلامی سے نجات ملنے والی تھی۔ لوگوں کے چہرے آزادی کے تصور سے تمتما رہے تھے۔

جلد ہی وہ تاریخی دن آگیا۔ اور جب صبح ہوئی تو لوگوں نے دیکھا کہ وہ آزادی کا سورج نہ تھا، ملک کے سینہ میں گھاؤ تھا جس سے خون کے دھارے ابل ابل کر زمین کو غرق کرنے چلے آرہے تھے۔ لاکھوں انسانوں کے لئے ان کی جنم بھومی پرایا دیش بن گئی۔ اور ان کی زندگی، ان کی دولت ان کی عزت و عصمت خونخوار درندوں کی حرص و ہوس اور نفسانی خواہشات کا ایندھن بن کر رہ گئی۔

ایک دن اندرا کی موسی روتی دھوتی لاہور سے لالہ کندن لال کے پاس آ پہنچی۔ اس نے اپنی چھاتی پیٹ پیٹ کر اور دھاڑیں مار مار کر بتایا کہ کیسے رات کے سناٹے میں ان کے محلہ کو آگ لگا دی گئی۔ ان کا مکان بھی آگ کی لپیٹوں میں گھر گیا۔ اندرا اندر سے کمرہ بند کئے سو رہی تھی۔ انہوں نے بڑے زور زور سے کواڑ پیٹ کر اندرا کو بچ نکلنے کے لئے پکارا۔ مگر وہ سوئی پڑی رہی۔ شاید شور و غوغا سن کر اس کے اوسان خطا ہو گئے۔ اس نے نہ تو کواڑ کھولے اور نہ اندر سے جواب دیا۔ اتنے میں شعلے ان کے گرد گھر آئے اور انہوں نے کھڑکی سے کود کر اپنی جان بچائی۔ اس تباہ کن خبر کو سن کر لالہ کندن لال اور ان کی بیوی نے سر پیٹ لیا۔ لالہ کندن لال کی تو حالت غیر ہو گئی۔ وہ بار بار چیخ کر

کہتے "میں نے تجھے منع کیا تھا، میری لڑکی کو لاہور نہ بھیج، مگر، تو نہ مانی اب ہو گیا تیرا کلیجہ ٹھنڈا؟ میرا ستیا ناش کرا کے آ گیا تجھے صبر"

کئی دنوں تک گھر میں خاصا رونا دھونا رہا ——— لیکن تیرہ دن بعد سوگ کے بادل چھٹ گئے۔ زندگی معمول پر آ گئی۔

ایک روز پڑوس کے پنڈت گوبند رام، رام نام کا جاپ کرتے کھڑاؤں بجاتے لالہ جی کے گھر آئے۔ ان کے ہاتھ میں مالا تھی۔

"لالہ جی! اب اس اُداسی اور رونے دھونے کو چھوڑو اپنے کام دھندے سے لگو۔ مرنے والے کے ساتھ کون گیا ہے؟ یہ تو سنسار کا نیم ہے۔ ودھی کا ودھان کس نے میٹا ہے!"

لالہ جی نے ان الفاظ کو سُنا، اور ان کا چہرہ ایک بار پھر اداس ہو گیا ——— "میں تو اس کا بیاہ بھی نہ کر پایا میں نے تو اس کے لئے ایک لکھ پتی گھرانا چُنا تھا، مگر بھگوان نے میرا بنا بنایا کھیل بگاڑ دیا۔ اب کیا ہو گا؟"

اور بات بھی یہی تھی کہ لالہ جی کو سب سے زیادہ افسوس یہی تھا کہ ایک لکھ پتی گھرانا اُن کے ہاتھ سے چھن گیا۔ پنڈت جی بہت نرم اور تشفی بھرے لہجہ میں بولے۔

"یہ سب کچھ ٹھیک ہے لالہ جی، مگر اب تو مرت آتما کے لئے

آپ کے پیار کا ایک ہی سادھن ہے۔ اور وہ یہ کہ آپ اِسکی شانتی کے لئے دھرم کے انوسار دان پُن کریں۔"

"پنڈت جی!" لالہ کندن لال ترنت ہاتھ جوڑ کر بولے "میں اپنی بِٹیا کی آتما کی شانتی کے لئے سب کچھ کرنے کو تیار ہوں، آگیا دیجیے۔ میں ہر طرح سے اُپستھت ہوں۔"

پنڈت جی کچھ دیر چپ رہے، آنکھیں موندے دھیان میں مگن رہے۔ اور پھر ایک گہرا سانس لے کر بولے "آپ کو یہی دُکھ ہے نا، کہ آپ کی پُتری بنا سنسار کا بھوگ کیے چلی گئی؟ تو آپ ایسا کیجیے، کہ ہر ماس اس کے نام کا بھوجن وستر آدی کسی کنواری کنیا کو دے دیا کریں۔ اِس سے آپ کی آتما کو بھی شانتی ملے گی اور اندرا کی آتما کو بھی۔"

لال کندن لال کی پتنی آنسو پونچھتی ہوئی بولی "کون سی کنیا ٹھیک رہے گی اس کام کے لیئے مہاراج؟"

پنڈت جی ایک بار پھر وچار میں ڈوب گئے ــــ "میرے وچار میں میری کنیا جمنا اس کے لئے سرو تھا، اُچت رہے گی کیوں کہ وہ ست بھی اندرا کی اوستھا کی ہی اور پھر وہ اور اندرا تھی بھی سہیلیاں۔ آگے آپ سوچ لیجیے۔"

لالہ اور لالائن دونوں ہاتھ جوڑ کر بولے: "ہمیں منظور ہے
مہاراج۔ آپ کی کرپا ہی اس دان کی پاتر ہے۔ ہم ہر مہینے آپ
کے بتائے مارگ پر چلیں گے۔"

تب سے لالہ جی اور ان کی پتنی ہر مہینے اندرا کے نام کا بھوجن
اور وستر آتیا دی پنڈت جی کی لڑکی کو دینے لگے۔ اور کل اندرا
کی موت کی خبر ملے گیارہ مہینے ہونے والے تھے۔ اس واقعہ کی دردناک
یاد نے آج لالہ جی کی پتنی کو اور زیادہ دکھی بنا دیا۔ وہ دکھ بھرے
لہجہ میں لالہ جی کا غم ہلکا کرنے کے لئے بولی، "کیا بھگوان نے
ہمیں کل کا دن دکھانے کے لئے زندہ رکھا ہے؟ کل پورے
گیارہ مہینے ہو جائیں گے، ایک رات سپنے میں بھی تو وہ دکھائی
نہ دی اپنی دکھیاری ماں کو۔"

ان الفاظ میں جو نے کیا تھا۔ لالہ جی اس طرح تڑپ اُٹھے
جیسے ہزاروں بچھوؤں نے ایک ساتھ اپنے ڈنک ان کے جسم
میں چبھو دئے ہوں!

"اب سپنے میں کیا دیکھے گی، جیتی جاگتی دیکھ لیجو۔ تیری لاڈلی
مری نہیں، پرسوں آ رہی ہے۔ لے یہ رہا اس کا خط ——"

لالہ جی کی پتنی سناٹے میں آگئی۔ خط اس کی گود میں پڑا تھا

مگر اُس پر تو جیسے بجلی گر پڑی تھی۔ اس نے کانپتے ہاتھوں سے خط اٹھایا، اور اٹک اٹک کر پڑھا۔

"میرے پوجیہ پتاجی اور ماتاجی!

آپ سمجھتے ہوں گے، میں مار ڈالی گئی ہوں، لیکن ایسا نہیں ہوا۔ میں زندہ ہوں۔ کاش! وہ لوگ میری بوٹی بوٹی کاٹ کر چیل کوؤں کو کھلا دیتے۔ یہ ان کا مجھ پر سب سے بڑا احسان ہوتا، مگر میں اتنی بھاگیہ وان کہاں ہوں۔

آٹھ مہینے پاکستان میں رہی ہوں۔ اور پچھلے تین مہینوں سے مجھے کیمپوں میں گھمایا جا رہا ہے۔ اس عرصہ میں مجھ پہ کیا گذری، میں اپنی زبان سے ادا نہیں کر سکتی۔ میری چھاتی گھاؤں سے چھلنی ہو گئی ہے۔ میں سنکرانت کو کیمپ کی ایک افسر کے ساتھ آ رہی ہوں۔ آپ اسٹیشن پر ضرور آنا۔ آپ کی بیٹی آپ کے درشنوں کے لئے ترس رہی ہے۔"

یہ خط پڑھتے ہی کندن لال کی پتنی کا بھی چہرہ زرد پڑ گیا جو ابھی اپنی بیٹی کی یاد میں خون کے آنسو بہا رہی تھی، اپنی بیٹی کے

زندہ ہونے کی خبر سُن کر خوف سے کانپ اُٹھی۔ اس کی مامتا اور محبت ایک دم ہوا ہوگئی۔ اندرا کے زندہ بھوت نے ان کے ہوش و حواس اور ان کے جذبات و احساسات کو یکسر کچل کر رکھ دیا۔

گھر کے دروازے اور کھڑکیاں بند کر کے ایک سبھا بلائی گئی۔ لالہ جی، ان کی پتنی، اندرا کی موسی، دادی اکٹھے بیٹھے۔ پنڈت جی خاص بلاوے پر شامل ہوئے۔ دادی نے بحث کا آغاز کیا۔ انہوں نے صاف لفظوں میں کہہ دیا: "اندرا اب اس گھر کی نہیں رہی، وہ ناپاک ہوچکی ہے۔ اس کا دھرم کرم بھرشٹ ہوگیا ہے۔ میں اپنی آخری عمر میں اس نرک کی مورتی کو اپنے گھر میں لاکر اپنا جنم کرم خراب نہ ہونے دوں گی۔"

اندرا کی موسی کی چھاتی پر اب بھی نیل کے نشان تھے جو انہوں نے سر راہ اندرا کے شرادھ کے دن اپنی چھاتی پیٹ کر ڈال لئے تھے۔ مگر آج وہ ناک چڑھا کر اور ہاتھ ہلا ہلا کر کہہ رہی تھی: "وہ ملیچھوں میں رہ کر آرہی ہے۔ اگر اس کے پیٹ میں ملیچھوں کا بچہ ہوا، تو ——"

وہ آگے کچھ بھی نہ پائی تھی، کہ سب لوگوں کو لقوہ سا مار گیا۔ انہوں کے دماغ میں اب تک یہ بات نہ آئی تھی، کہ اندرا کے ساتھ

یہ ستیاناش بھی ہو سکتا ہے۔ لالہ جی کو اپنی سماجی عزت، آبرو سب کچھ ڈوبتی نظر آئی۔ ان کے منہ سے آواز تک نہ نکلی۔ صرف ان کے سارے جسم سے پسینہ چھوٹ پڑا۔ پنڈت جی نے جو آج تک مری ہوئی اندرا کی آتما کی شانتی کے نام پر بھوجن اور کپڑے لیتے رہے تھے، دھرم کا آخری اور اٹل فیصلہ سنا دیا۔

"ہندو دھرم کے انوسار آندرا کو واپس نہیں لیا جا سکتا۔ وہ ملیچھوں کے گھر میں رہ کر آئی ہے۔ اس نے گؤ ماس بھی ضرور کھایا ہوگا۔ اس کے شریر کو بھی اپوتر ہاتھوں نے چھوا ہوگا۔ اس کو اب کوئی سویکار نہیں کر سکتا۔ دینا ناتھ تو کیا، جگو نائی کا بیٹا بھی اس سے شادی نہ کرے گا۔ ہمارے ہندو دھرم میں استری مٹی کے برتن سمان ہے جو کیول ایک بار پانی پینے یوگیہ ہوتا ہے۔ اسے پھر شدھ نہیں کیا جا سکتا۔ شری رام نے ماتا سیتا کو اگنی پریکشا لینے کے بعد بھی انت میں تیاگ دیا۔ ہمارے دھرم میں اس کی انیکوں مثال موجود ہے۔ اب اندرا اس سماج کے یوگیہ نہیں ہو سکتی۔"

لالہ کندن لال نے یہ سب کچھ سنا۔ انھوں نے خاص طور پر سنا کہ دینا ناتھ اب آندرا سے شادی کرنے کے لئے ہرگز تیار نہ ہوگا

اوران کے دماغ نے انہیں خاص طور پر یہ سوچنے میں مدد دی، کہ اندرا کو لانے کے معنی بجز پشیمانی و پریشانی کچھ نہیں۔ اس کی شادی تو کہیں نہ کہیں ہو سکتی ہے، مگر اس کے لئے نہ جانے کتنے ہزار روپے جہیز کے روپ میں دینا ہوں گے۔ اور اس سماجی ذلت اور مالی تباہی کے خیال نے ان کے جذبات اور ان کی پدرانہ شفقت پر فتح حاصل کر لی۔ انہوں نے فیصلہ کیا، وہ شری رام کے بتائے مارگ پر چلیں گے۔ کل کی مریادا بھنگ ہونے نہ دیں گے۔ ہندو دھرم کی آن پر آنچ نہ آنے دیں گے۔

اندرا کی ماں بھی خاموش تھی، اس کی گردن جھاتی سے آ لگی تھی۔ اس کی نگاہوں میں محلہ کی عورتوں کے چہرے گھوم رہے تھے۔ ان کی جلی کٹی باتیں، ان کے طنزیہ کلمات، اس کے کانوں میں گونج رہے تھے۔ اس نے بھی تو عورتوں میں بیٹھ کر دوسروں کی بیٹی اور بہوؤں کے چرچے کئے تھے۔ اب عورتیں اسے کیوں کر معاف کر سکیں گی؟ اب ان کی باری آئی ہے، اور وہ انتقام لئے بغیر نہ رہیں گی۔

اور محلہ کی عورتوں کے اس خطرناک انتقام کے خوف نے ماما اور پیار کا گلا گھونٹ دیا۔ سماج کے خوف کے آگے ماما، پیار

دھرم اور انصاف سب گونگے، اندھے اور اپاہج ہو گئے تھے۔

لیکن جب ان مردہ لوگوں کے جسم کو خوف، دھوکہ اور بزدلی کے کوڑھ نے گلا سڑا کر نکما بنا دیا، تب رتنی کی رگوں میں نئے خون کی گردشیں موجیں مار اٹھیں، ——— رتنی جو سیٹھ جی کے گھر کی پرانی نوکرانی تھی۔

"تم کیا کر رہے ہو؟ ——— تم چھوٹی بی بی جی کو لینے نہ جاؤ گے؟ کیا تم انہیں قبول نہ کرو گے؟ انہیں مری ہوئی جان کر تو ان کے لئے بھوجن اور دستر دیتے تھے، لیکن آج جب وہ زندہ آ رہی ہیں، تو تم انہیں تیاگ رہے ہو؟ پنڈت جی! تم بی بی جی کو نلپاک کہتے ہو، پتیت بتاتے ہو؟ تم اب تک ان کے نام کا دان لیکر پیٹ بھر سکتے تھے۔ مگر ان کو اس گھر میں قدم رکھنے کی اجازت نہیں دے سکتے۔ اور تم موسی جی! تم نے بی بی جی کو نرکییں جھونک کر اپنی جان بچالی ——— یہاں آ کر سب کو دھوکا دیا، ڈھونگ رچایا، اور اب ان کی پرچھائی کو کلنک بتاتی ہو؟ ——— بی بی جی آئیں گی ——— میں انہیں لاؤں گی۔ انہوں نے کوئی گناہ نہیں کیا۔"

رتنی جانے اور کیا کیا بکتی، مگر اسے دھکے دے کر گھر سے

باہر نکال دیا گیا۔

"رتنی ——— تم آئی ہو؟ ——— پتاجی اور ماتاجی کہاں ہیں؟ ———" گاڑی سے اترتے ہی اندرا رتنی سے چمٹ گئی۔

"ان کا نام مت لو بی بی جی ——— وہ اب تمہارے ماتا پتا نہیں ہیں۔ وہ اب تمہیں قبول نہیں کریں گے ———"

"کیا کہہ رہی ہو تم؟ ———" اندرا پر تو بجلی گر گئی۔ اُس کے ساتھ کیمپ کی جو افسر آئی تھی اس نے گھبرائے ہوئے لہجہ میں پوچھا "وہ لوگ انہیں کیوں قبول نہیں کریں گے؟ کیا انہوں نے انکار کر دیا ہے؟۔ تم مجھے ان کے پاس لے چلو، میں انہیں سمجھا دوں گی۔"

"تم انہیں کچھ نہ سمجھا سکو گی۔ وہ سمجھ کی حدوں سے گذر گئے ہیں۔ ان کی آتمائیں مر چکی ہیں، اور ان کی آنکھوں میں بزدلی کا دھواں بھر گیا ہے۔ انہیں مت چھیڑو، انہیں کوڑے کی طرح ایک طرف پڑا رہنے دو۔ وہ پوری طرح سڑ گل کر رہیں گے۔"

"تب کیا ہم ان کو واپس لے جائیں ——— ؟" کیمپ کی

افسر نے بڑی نا امیدی کے لہجہ میں پوچھا۔

"نہیں، میری بی بی جی آپ کے ساتھ نہیں جائیں گی، یہ میرے ساتھ چلیں گی۔ میرے گھر ——— مجھے دنیا کی پروا نہیں ہے۔ جب میں اکیلی گنوار ہوکر اس دنیا سے ٹکر لے سکتی ہوں، تو یہ پڑھی لکھی ہوکر دنیا کو اپنے پیروں میں کیوں نہیں جھکا سکتیں؟ یہ اس دن تک میرے پاس رہیں گی، جب تک نہیں کسی کی ضرورت نہیں رہ جاتی۔ جب تک یہ اس دنیا کو لات مار کر اپنی دنیا خود نہیں بنا لیتیں!"

اندرا پتھر کی مورتی کی طرح کھڑی سب کچھ سن رہی تھی۔ پہلے اسے محسوس ہوا تھا، جیسے اس کا سارا جسم پتھر ہوگیا۔ لیکن رتنی کے آخری لفظوں نے جیسے اس کے پتھرائے ہوئے جسم کو پھر سے زندہ کرنا شروع کر دیا تھا۔ اسے یہ معلوم نہیں، کہ رتنی نے کس طرح کیمپ کی افسر کو اس بات کے لئے رضامند کیا کہ وہ اندرا کو اس کے پاس چھوڑ جائے۔ اسے یہ بھی نہیں معلوم کہ رتنی کس طرح اسے اسٹیشن سے گھر لائی۔ لیکن جب وہ اس کے گھر کی دہلیز میں داخل ہوئی، تو اسے محسوس ہوا، کہ وہاں ایک نئے سورج کی روشنی ہے اور رتنی اس سورج کی پہلی گلابی کرن ہے۔

شاردا

شاردا اور شریف ایک دوسرے کو بہت پہلے سے جانتے تھے۔ دونوں پارٹی ممبر تھے۔ بنگال کے قحط کے دنوں میں جب شاردا کلکتہ میں تھی تو شریف وہاں گیا تھا۔ انھوں نے کئی ڈرامے کھیلے تھے۔ ٹولیاں بنا کر جگہ جگہ گھومے تھے۔ ساتھ ساتھ رہ کر، کام بھی کیا تھا مگر کوئی خاص بات نہ ہوئی تھی۔ پھر فسادات ہوئے اور شاردا کلکتہ سے دلی آ گئی، اور وہاں کیمپوں میں کام کرتی رہی۔ شریف سے اس کی ملاقات ہوتی تھی، تقریباً ہر پارٹی کے جلسہ میں۔ لیکن پھر بھی کوئی قابلِ ذکر بات نہ ہوئی۔ ان کی اصلی ملاقات تو ان دنوں ہوئی جب مقامی پارٹی پر BAN لگا ہوا تھا اور کچھ ممبر گرفتار کر لئے گئے تھے اور باقی کے روپوش ہو گئے تھے ایک دن پارٹی کا ایک خفیہ جلسہ ہونے والا تھا شاردا کو بھی ایک خاص وقت پر ایک خاص جگہ پہنچنے کی اطلاع

ملی۔ اس دن اور عین اسی وقت وہ بتائی ہوئی جگہ پر پہنچی۔ مگر وہ چوراہے پر ہی تھی کہ ایک شخص نے جو کھدر کی ٹوپی پہنے ہوئے تھا اسے ٹھوکا مارا اور پھر بڑے جانے پہچانے آدمی کی طرح ہاتھ جوڑ کر اور سر جھکا کر بولا۔ "آپ اچھی تو ہیں؟" شاردا بھونچکی رہ گئی اسے غصہ بھی آیا۔ اس نے تیکھی نظروں سے اُس کی طرف دیکھا۔ لیکن اتنی دیر میں سڑک پر جاتے ہوئے اُن کے پاس والے آدمی دور نکل گئے تھے اور اس ٹوپی والے انجان آدمی کے چہرے کی بناوٹی مسکراہٹ بھی دور ہو گئی تھی۔ بہت خفیہ اور سنجیدہ لہجے میں وہ بولا "شاردا واپس لوٹ جاؤ۔ پولیس کو ہماری میٹنگ کا پتہ چل گیا ہے۔ مکان کے گرد خفیہ پولیس لگی ہوئی ہے۔ اس لئے آج جلسہ نہ ہوگا"۔ شاردا نے شریف کو پہچان لیا تھا۔ کچھ آدمی قریب آ گئے تھے۔ اس نے شرماتے ہوئے اور مسکراتے ہوئے کہا "تو آپ دلی ابھی ابھی آئے ہیں؟ آیئے گھر چلئے نا!"——— اور وہ شریف کو لے کر پاس والی گلی میں مڑ گئی——— اس گلی میں کوئی نہ تھا۔ اب شاردا نے اپنا لہجہ بدل لیا——— یہ تو بہت پریشانی کی بات ہے کہ آج میٹنگ نہ ہوگی۔ میں تو بہت مشکل میں پھنس گئی ہوں"——— "کیوں کیا ہوا؟" شریف

نے سہم کر پوچھا: "میں اب تک جہاں چھپی ہوئی ہوں اب وہاں نہیں رہ سکتی۔ آس پاس کے لوگوں میں چرچا چل گیا ہے کہ فلاں مکان میں ایک انجان بنگالی لڑکی آئی ہے۔ کسی دن بھی پولیس کو میرا پتہ چل سکتا ہے۔ میں یہ معاملہ پارٹی کے سامنے رکھنا چاہتی تھی۔"

"تو کیا تم کسی اور جگہ نہیں جا سکتیں؟"

"نہیں میں دلی میں اور کسی کو نہیں جانتی اور پھر پناہ دے کر اپنی جان کون جوکھم میں ڈالے گا۔"

شریف کی پیشانی پر سلوٹیں اور گہری ہو گئیں۔ "شاردا فی الحال میں تمہیں اپنے پاس رکھ سکتا ہوں، اگر تم منظور کرو۔ میں اپنے ایک دوست کے یہاں رہ رہا ہوں اُس کے یہاں ایک بوڑھی ماما کے علاوہ اور کوئی نہیں ہے۔ تم وہاں رہ سکتی ہو۔ اگلی دفعہ جب میٹنگ ہو تو تم اپنے لئے کوئی دوسرا انتظام کرا سکتی ہو۔"

پچھلے کچھ دنوں سے شاردا بہت گھبرا گئی تھی۔ وہ اپنی موجودہ جگہ چھوڑ کر کسی دوسری جگہ چلے جانا چاہتی تھی۔ اس نے شریف کے ساتھ رہنا منظور کر لیا۔

جب شام کو وہ شریف کے دوست کے گھر کی طرف روانہ

ہوئی تو اُسے بہت سکون کا احساس ہو رہا تھا۔ جیسے اس کے سر آئی ہوئی بلا ٹل گئی ہے، اور وہ ہر خطرے سے محفوظ ہوگئی ہے۔ لیکن جوں جوں وہ اپنے نئے ٹھکانے کے قریب پہنچنے لگی اس کا جی بیٹھنے لگا اس کی خوشی بجھنے سی لگی۔ 'تو ایک مسلمان کے گھر رہنے جا رہی ہے؟' اس کے ہندو سنسکار جاگنے لگے۔ بچپن سے اس کے دل میں مسلمانوں کے لئے جو گھِن سی پیدا کر دی گئی تھی اور جس پر اس نے نئے اور انقلابی خیالات کی مدد سے قابو پا لیا تھا، پھر سے ابھرنے لگے۔ اس کے دل میں یہ بات بٹھا دی گئی تھی کہ مسلمان بہت گندے رہتے ہیں ان کے گھر میں صفائی کا قطعی خیال نہیں رکھا جاتا۔ وہ ایک ہی لوٹے سے سب کام لیتے ہیں اور ایک ہی برتن سے پانی پی کر پھر اُسے گھڑے میں ڈال دیتے ہیں۔ اُس کے خیالات کی سطح تڑخنے لگی اور جذباتی تعصبات رنگ لانے لگے۔ مگر اب کیا کیا جا سکتا تھا دوسرا ٹھکانا نہ نظر آتا تھا۔ دل پر جبر کر کے وہ وہاں پہنچ ہی گئی۔

مکان مسلمانی ڈھنگ کا بنا ہوا تھا۔ ایک بڑا سا آنگن اور بڑے بڑے دالان۔ مکان کی پُتائی اور مرمت برسوں سے نہیں

ہوئی تھی۔ جگہ جگہ سے پلستر اکھڑ گیا تھا۔ دیواریں کائی سے سیاہ ہو گئی تھیں۔ فرش کی اینٹیں گھس چکی تھیں۔ صحن میں مرغیاں کڑکڑا رہی تھیں۔ ایک طرف گھڑونچی پر کائی آلود گھڑے رکھے ہوئے تھے۔ پاس ہی پیتل کے ٹونٹی دار لوٹے تھے جن پر شاید برسوں سے ہاتھ نہ پھیرا گیا تھا۔ اِدھر اُدھر ٹوٹے ہوئے روغنی پیالے لُڑھک رہے تھے۔ کونے میں سوکھی ہوئی ہڈیوں اور لہسن کے چھلکوں کا ڈھیر لگا تھا۔ ایک سوکھی مریل سی غلیظ ماما لیترے گھسیٹتی ہوئی اس کے استقبال کو آئی۔ اس کے منھ سے باس اٹھ رہی تھی۔ شاردا کا جی گھن سے بھر گیا وہ اپنے کو کوسنے لگی کہ آخر وہ یہاں کیوں چلی آئی۔

اس کا سامان ایک بہت بڑے پلنگ پر رکھوا دیا گیا۔ پلنگ پر گرد اور مرغیوں کی بیٹ کے تھپلے جمے ہوئے تھے۔ شریف اندر آیا اور بولا "سارا گھر خالی ہے۔ تم بڑے اطمینان اور آزادی سے رہ سکتی ہو۔ میں نے ماما سے کہہ دیا ہے، یہاں تمھیں کسی طرح کی تکلیف نہ ہوگی —— میں ذرا باہر جاتا ہوں ماما تمہارے لئے چائے بنا کر لاتی ہے۔" اور وہ بغیر رُکے باہر چلا گیا۔

شاردا کا دل گھن اور غم و غصے سے جلنے لگا۔ وہ کہاں آپھنسی؟ کس غلاظت میں اسے رہنا پڑے گا۔ اس نے چپل نکال کر زمین پر قدم رکھا ہی تھا کہ اس کا پاؤں مرغی کی تازہ گرم گرم بیٹ پر پڑ گیا۔ کراہت کی ایک پھریری اس کے جسم میں دوڑ گئی۔ اس کی آنکھوں میں آنسو آ گئے۔ اسے ایک ساتھ اپنے گھر کی اور ماں کی یاد آ گئی۔ — کتنا صاف ستھرا تھا ہمارا گھر — اماں کتنا خیال رکھتی تھی صفائی اور پوتر تا کا۔"

پلو کو منہ میں دے کر وہ پلنگ پر بستر کھول کے پڑ گئی۔

اس گھر میں شروع کے تین دن شاردا نے کیسے کاٹے یہی جانتی تھی۔ اس کا بستر سے اٹھنے کو جی نہ چاہتا تھا۔ فرش پر قدم رکھتے ہی بیٹوں کی وجہ سے اتنی گجگجاہٹ محسوس ہوتی کہ مر جانے کو جی چاہتا۔ اُدھر بالٹی اتنی غلیظ تھی کہ اس میں سے پانی لے کر نہانے کو جی نہ کرتا۔ اس گھر کی کسی چیز کو ہاتھ لگاتے ہوئے اُسے گھن آتی۔ ماما کے تو پاس سے گذرتے ہوئے اُسے اُبکائی آنے لگتی۔ اسکے منہ سے، کپڑوں سے، بالوں سے بُو کے بھبکے نکلتے تھے۔

تین دن تک شریف نہ آیا — اسے کوئی ضروری کام سونپا گیا تھا — چوتھے دن وہ لوٹا۔ اس نے ماما سے

شاردا کے بارے میں پوچھا۔ عین اسی وقت شاردا آگئی۔ کچھ ضروری کاغذ لینے۔

"شاردا کیا بات ہے؟" شریف نے شکایت آمیز لہجے میں کہا: "ماما کہتی ہے تم یہاں ٹھہرتی نہیں ہو۔ چائے نہیں پیتیں۔ حتیٰ کہ ہاتھ منہ بھی نہیں دھوتیں۔ میں نے تمہارے کھانے وغیرہ کا انتظام بھی یہیں کرایا تھا۔"

شاردا کو آج صبح نہانا نصیب نہ ہوا تھا۔ بغیر نہائے اس کا جی بڑا میلا میلا سا ہو رہا تھا۔ روٹی بھی ابھی تک اس نے نہ کھائی تھی۔ شریف کی بات سن کر اس کا چڑچڑا من جل اٹھا۔ مگر وہ خاموش رہی اور اندر چلی گئی۔ شریف کی سمجھ میں کچھ نہ آیا۔ آخر اس نے ماما کو آواز دی: "ماما چائے اور توش بنا کر لے آؤ ——— میں کراؤں گا آج انہیں ناشتہ۔" یہ سنتے ہی شاردا کا ضبط ٹوٹ گیا۔

"اب یہ مجھے اس گھر کے گندے برتنوں میں چائے اور اس غلیظ ماما کے ہاتھ کے توش کھلائے گا؟" وہ پھوٹ پڑی: "نہیں نہیں میں کچھ نہیں پیوں گی۔ میں اس گھر کی کسی چیز کو چھونا نہیں چاہتی۔ میرے لیے یہ گھر نرک سے زیادہ گندا ہے۔ میں یہاں

ایک منٹ نہیں رہنا چاہتی۔" اور یہ کہتے کہتے شاردا بچوں کی طرح رو پڑی اور بستر میں منہ دے کر پڑ گئی۔ شریف نے اس کی آنکھوں میں نفرت حقارت اور کراہت کی جھلک صاف دیکھ لی تھی۔

اس رات شریف جب باہر سے لوٹا تو اپنے ساتھ بہت سے نئے برتن لایا۔ بالٹی۔ پتیلی، تھالی۔ لوٹا۔ تشتری۔ گلاس اور کٹوریاں۔ وہ ایک چوکی بھی لایا۔ اس نے یہ سب سامان لاکر شاردا کے پاس رکھ دیا۔ شاردا بستر میں منہ دئے پڑی تھی۔ آواز سن کر اٹھی ——— "یہ کیا؟" "یہ تمہارے لئے برتن ہیں شاردا ——— تم یہیں رہوگی۔ اور تمہاری ہر چیز علیحدہ ہوگی۔ کوئی تمہاری چیزوں کو ہاتھ نہیں لگائے گا۔"

"لیکن ...... لیکن مجھے تو الگ چیزوں کی ضرورت نہیں۔ میں نے تو ایسا نہیں کہا۔"

"لیکن یہ ضروری تو نہیں کہ تم ہر بات اپنے منھ سے کہو۔

——— میں جانتا ہوں تم زیادہ صفائی سے رہنے کی عادی ہو۔

——— تمہارے گھر میں شدھتا کو بہت مانا جاتا ہے۔ آج تیرے پہر کے واقعہ کے بعد مجھے محسوس ہوا کہ اِس گھر میں واقعی بہت گندگی ہے۔ یہاں برتن ہر روز صاف نہیں کئے جاتے۔ یہ ماما مہینوں

نہیں نہاتی۔ مرغیاں گھر بھر میں بیٹ کرتی پھرتی ہیں۔ جن باتوں کو ہم لوگ برداشت کرجاتے ہیں۔ تم انہیں برداشت کرنے کی عادی نہیں ہو۔"

"لیکن میرا یہ ہرگز مقصد نہیں تھا میں آپ لوگوں کے رہن سہن کو گندا نہیں سمجھتی۔"

"لیکن میں نے بھی تو یہ نہیں کہا۔ شاردا یہ ہماری بدقسمتی اور جہالت ہے کہ ہم صفائی کے معاملہ میں بھی مذہبی روایات کے غلام ہیں۔ ہم بہت سی گندی چیزوں کو بھی اپنی تہذیب کا حصہ سمجھ کر چھاتی سے لگائے ہوئے ہیں لیکن میں ان لوگوں میں سے نہیں ہوں۔ جو چیز صاف نہیں، حسین نہیں، سلیقہ کی نہیں وہ میری تہذیب کا حصہ نہیں۔ میں اس کی طرف اشارہ کئے جانے کا برا نہیں مانتا۔ شاردا، یہ کاہی آلود مٹکے۔ یہ بغیر منجھے ہوئے لوٹے۔ یہ غلاظت پھیلاتی مرغیاں۔ یہ کالی دیواریں، یہ سب ایک مرتے ہوئے بوسیدہ نظام کی علامتیں ہیں۔ مجھے ان سے کوئی ہمدردی نہیں۔ میں تو خود ایک نئے طرزِ زندگی کا منتظر ہوں۔ تم نے مجھے شاید غلط سمجھا۔"

شاردا کی جیسے چوری پکڑی گئی۔ شریف نے اس کے دل کا تعصب بھانپ لیا تھا۔ اس کی گردن شرم سے جھک گئی۔ اس

کے سانولے چہرے پر خون کی سُرخی سے ایک عنابی جھلک پیدا ہو گئی ــــ ندامت سے بھرے ہوئے لہجہ میں وہ بولی "مجھے معاف کردو ۔ میں نے تمہیں غلط سمجھا ۔ میرے اندر پُرانا تعصب جاگ اٹھا تھا ۔ میں بے حد شرمندہ ہوں ۔"

شاردا کی آنکھوں میں آنسو چھلک آئے ۔ آنسوؤں سے چھلکتی ہوئی آنکھوں کو اٹھا کر اُس نے شریف کی طرف دیکھا۔

"شاردا ہم کو اپنی شخصیت سے اِن پُرانے تعصبات کو نکال پھینکنا ہوگا ۔ اس لئے جب تم ہمارے طرزِ زندگی کی گندگی کو ظاہر کرتی ہو یا میں تم لوگوں کے چھُوت چھات کے ڈھونگ کے خلاف آواز اٹھاتا ہوں تو ہم ایک دوسرے کی مخالفت نہیں کرتے ۔ ہم ایک دوسرے کے قریب آنے کی کوشش کرتے ہیں ۔ ہم اپنی تربیت کرتے ہیں او ہ ، میں بھی کیا فلسفہ لے بیٹھا ہوں تم اٹھو ، میں انگیٹھی لاتا ہوں ۔ اپنے ہاتھ سے چائے پلا کر ذرا مجھے بھی تو شدہ کرو ۔ بنگالی موشائے کی طرح ۔"

دونوں ہنس پڑے

اس کے بعد ایک ہی ہفتہ میں گھر کی صورت بدل گئی ۔ شریف نے اپنے دوست سے کہہ کر مرغیاں کسی اور آدمی کے یہاں بھجوا دیں

فرش کو کھرچ کھرچ کر ا اور دھو دھو کر صاف کرایا۔ پُرانے گھڑے
پھینکوائے۔ ٹونٹی دار لوٹوں کو خوب صاف کرایا۔ ایک طرف
چوکی بچھا کر برتن اس پر سجائے۔ اس کے بعد دونوں نے مل کر
پلنگ جھاڑے۔ چھت کے جالے صاف کئے۔ کونوں میں پان
کی پیک کے داغوں کو دھویا۔ شاردا نے ایک طرف خوب
صفائی کر کے اپنی انگیٹھی رکھی اور شریف نے دری بچھا کر
اور گدے ڈال کر بیٹھنے کے لئے جگہ بنائی۔

اب شاردا اپنے ہاتھ سے کھانا بناتی اور دونوں ساتھ
بیٹھ کر کھاتے۔ اس کے لئے شاردا نے شریف پر کچھ پابندیاں
لگائی تھیں اور شریف نے انہیں بخوشی منظور کر لیا تھا۔ اسکو
باہر سے آنے پر اپنے ہاتھ دھونے پڑتے۔ جُوٹھے گلاس کو
وہ گھڑے میں ڈبو کر پانی نہ پی سکتا۔ جوتے اتارے بغیر اُس جگہ
نہ جا سکتا جہاں کہ شاردا کھانا بناتی تھی۔

شاردا کی یہ تمام باتیں ماننے کے لئے شریف نے بھی
کچھ شرطیں لگا رکھی تھیں۔

"دیکھو مجھے مسلمان سمجھ کر تم اپنے آپ سے، اپنے کھانے سے
اور اپنے کھانے کی چیزوں سے الگ نہیں رکھو گی۔ مجھے شرم

بنانے کے لئے گائے کا گوبر نہیں کھلاؤگی۔ اور ہر روز باہر سے آنے پر گنگا جل نہیں چھڑکوگی!"

یہ شرطیں سُن کر شاردا بہت ہنسی تھی اور اس ہنسی نے شاردا کے دل کی کدورت کو بالکل دھو دیا تھا۔

پارٹی سے BAN ہٹ گیا۔ گرفتار کئے ہوئے ممبر رہا ہوگئے۔ روپوش ممبر ظاہر ہوگئے۔ پارٹی کے ہوسٹل میں لوگ آنے لگے تبریف بھی اپنے دوست کے گھر سے اپنے گھر آگیا اور شاردا بھی ہوسٹل میں چلی آئی۔ دونوں جُدا ہوگئے۔ مگر اس تھوڑے عرصے میں وہ ایک دوسرے کے قریب آگئے تھے، انھوں نے اپنے درمیان حائل کتنی ہی اونچی دیواروں کو گرا دیا تھا۔ وہ فراخدلی سے ایک ساتھ رہنا کھانا پینا سیکھ گئے تھے ——— ایک بنگالی ہندو لڑکی نے ایک مسلمان کے پاس رہ کر تجربہ کیا تو اسے معلوم ہوا کہ اُن میں کوئی اشدّھتا نہ تھی گھن کرنے یا نفرت کرنے کی کوئی چیز نہ تھی۔ صرف ان چند عادتوں کا فرق تھا جو آپس کا میل ملاپ نہ ہونے کی وجہ سے فطرت میں اتنا گھر کر گئی تھیں کہ ایک معقول آدمی کو بھی گھل مِل جانے سے روکتی تھیں۔

لیکن یہ نہ تھا کہ شاردا اس نتیجے پر بالکل آسانی سے

پہنچ گئی تھی۔ اس نے شریف کا بہت گہرا مطالعہ کیا تھا شعوری طور پر اور غیر شعوری طور پر اس نے اپنے دل کا چور شریف پر ظاہر کیا اور اس کے دل میں چھپی باتوں کو بھانپنے کی بہت کوشش کی تھی۔ مگر اس نے شریف کو بہت بلند پایا اُسے معلوم ہوا شریف مسلمان نہ تھا۔ وہ شاردا کو بھی ہندو سمجھنے پر تیار نہ تھا۔ اس کا ایک نیا مذہب تھا۔ اُس کے دماغ میں تہذیب، رہن سہن، اور دوسری باتوں کا ایک نیا تصور تھا۔ ایک ایسا تصور جو پیدائش یا مذہب کی بنا پر آدمی آدمی میں فرق کرنے یا اس سے نفرت کرنے کی اجازت نہ دیتا تھا۔ وہ ہندو یا مسلمان تہذیب کے نام پر فخر کرنے یا اس کی حمایت کرنے کو تیار نہ تھا۔ وہ ہر اس چیز کو جو آدمی آدمی میں فرق پیدا کرتی تھی، جڑ سے اکھاڑ پھینکنے کا ارادہ رکھتا تھا۔ وہ صفائی اور خوب صورتی اور صحت کا متلاشی تھا۔ اور یہ چیزیں جہاں سے بھی ملیں، لینے کو تیار تھا۔ جہالت گندگی اور مردہ روایات کو وہ اپنی تہذیب کا حصہ ماننے کے حق میں نہ تھا۔

شاردا نے شریف کو کئی نازک موقعوں پر پرکھا۔ اس نے فساد کے دوران میں مسلمانوں کی دردناک حالت کا ذکر کیا۔

اس نے بتایا کہ کس طرح فساد کے بعد ہندوستان میں مسلمانوں کی حالت خراب ہوگئی ہے۔ وہ اس ملک میں دوسروں کے رحم پر رہ رہے ہیں۔ ان کی حالت دیکھ کر دل روتا ہے لیکن اسے معلوم ہوا کہ شریف اِن چیز کو قطعی دوسرے زاویۂ نظر سے دیکھتا ہے

" شاردا فساد کے دنوں میں مسلمانوں کے قتل سے میرا خون بھی کھولا تھا۔ نفرت کا سیاہ خون میری نسوں میں بھی دوڑا تھا مگر پھر میں نے سوچا ——— یہ مسلمان کا قتل نہیں ہے۔ پاکستان میں ہندو سکھ کا قتل نہیں ہے۔ یہ تو دو مرتی ہوئی تہذیبیں ہیں۔ جو ایک دوسرے کا گلا کاٹ رہی ہیں۔ اس واقعہ سے ظاہر ہو رہا ہے کہ یہ سارا نظام غلط ہے، زہریلا ہے۔ انسان انسان میں نئے سرے سے ایک رشتہ قائم ہونا چاہئے۔ میں اس نئے رشتے پر ایمان رکھتا ہوں۔ پھر میں اِس فساد میں حصہ لے کر مُردوں کے منہ میں پانی کیوں ڈالوں؟ میرے آنسو اور میرا خون تو اس نئے نظام اور نئے رشتے کو قائم کرنے کے لئے محفوظ رہنا چاہیئے "

شریف کی ان باتوں کے نیچے جتنا خلوص چھپا تھا، اس نے شاردا کو بے حد متاثر کیا۔ اُسے اپنے دماغ میں روشنی سی پھیلتی

محسوس ہوئی۔ شریف نے واقعی بہت حد تک اپنے مذہبی تعصبات کو ختم کر دیا تھا۔ وہ ایک سچا ترقی چاہنے والا انسان تھا۔

شریف کے ساتھ رہ کر شاردا ایک بار پھر گھریلو زندگی کی عادی بن گئی تھی۔ دونوں نے وہ دن کتنے ہنسی خوشی اور شانتی کے کاٹے تھے۔ اُسے اس گھر سے واقعی محبت ہو گئی تھی۔ اس لئے جس دن وہ اُس گھر سے چلے، اس دن شاردا کی آنکھوں میں آنسو آ گئے تھے۔ اُس نے آنسوؤں کو چھپا لیا تھا۔ مگر وہ آنسو اس کے کلیجے کو جلا رہے تھے۔ اس گھر کی چھوٹی سے چھوٹی چیز اس کے لئے عزیز ہو گئی تھی۔ مگر اسے سب کچھ چھوڑنا پڑا۔ وہ ہوسٹل چلی آئی۔ مگر اس کے ساتھ ہی جیسے اس کی زندگی خالی خالی سی ہو گئی۔ اب اسے اکیلاپن ستانے لگا۔ وہ مزدور سبھاؤں میں جاتی، کیمپوں میں کام کرتی، مگر اس کا من اب کچھ اور چاہتا۔ راتیں بڑی لمبی لمبی ہو گئیں۔ ہر وقت جی چاہتا کہ وہ شریف کے ساتھ باہر جائے۔ کام کرے اس کی باتیں سنے۔ شریف کی عظمت اور اس کی چاہ شاردا پر چھا گئی۔

"تو کیا تیرا شریف سے شادی کرنے کا ارادہ ہے؟" بملا نے

چونک کر شاردا سے پوچھا۔

"ہاں بملا میں اب شریف کے بغیر نہیں رہ سکتی۔ میں گھر کی ہو کر رہ جانا نہیں چاہتی۔ میں پارٹی میں کام کرنا چاہتی ہوں۔ لیکن شریف کے بنا اب میں کچھ نہیں کر سکتی۔ اس کا سہارا پا کر ہی اب میں اونچا اُٹھ سکتی ہوں، آگے بڑھ سکتی ہوں۔"

"لیکن شریف مسلمان ہے شاردا۔ ہم ویسے کہہ سکتے ہیں کہ ہندو مسلمان میں کوئی فرق نہیں، لیکن عملی طور پر ایک ہندو لڑکی مسلمان کے ساتھ مشکل سے رہ سکتی ہے۔ یہ مانتی ہوں کہ تم ہندو دھرم میں یقین نہیں رکھتیں، مندر میں نہیں جاتیں، پوجا نہیں کرتیں، مگر تمہارے سنسکار تو ہندو کے ہیں۔ روزمرہ کی زندگی میں کتنے موقع آتے ہیں جب ایک ہندو ہندوؤں کے طریقے سے برتاؤ کرتا ہے اور مسلمان مسلمان کے طریقے سے۔ دونوں کے درمیان ایک بڑی خلیج حائل ہے۔"

"میرے ذہن نے اس خلیج کو پاٹ دیا ہے بملا، اب ڈر کی کوئی بات نہیں ہے۔"

"مگر تمہارا دل ہے ——— تمہارا دل تو مسلمان کے ساتھ رہ کر خوش نہ رہ سکے گا۔ دیوالی کی رات یہ دیئے جلانے کو تڑپے گا۔

ہولی کے دن رنگ کھیلنے کو مچلے گا۔ عید کے دن تمھاری آنکھوں میں وہ چمک پیدا نہ ہو سکے گی اور محرم کے دنوں میں تم کبھی وہ اداسی محسوس نہ کر سکو گی جو تمہارا شوہر محسوس کرے گا۔ ذرا سوچو کیا تم اپنے بچے کا نام اپنی مرضی سے رکھ سکو گی؟ کیا تمہارا شوہر اس بات کی اجازت دے گا کہ تم ہندوؤں کی طرح اُسے پال پوس کر بڑا کرو؟ رات کے وقت جب وہ کہانیاں سننے کے لئے مچلے گا تو تم اسے مسلمانی کہانیاں سناؤ گی یا ہندوانی؟"

اس کا جواب اس رات شریف نے دیا تھا۔ بملا کی باتوں سے شاردا پر اوس سی پڑ گئی تھی۔ اس کا دل بیٹھ گیا تھا۔ آگے کی زندگی کی بھیانک تصویر نے اُسے بیحد اداس کر دیا تھا شریف کے سامنے اس نے اپنا دل کھول کر رکھ دیا۔

"شریف مجھے تم پر بھروسہ ہے مگر اپنے پر بھروسہ نہیں ہے۔ میں ایک کٹر بنگالی برہمن کے گھر میں پیدا ہوئی ہوں، مجھے اپنے رہنے سہنے کے ڈھنگ سے اپنے رسم و رواج سے اپنے یہاں کے گیتوں سے محبت ہے۔ میں اپنی بچی کا نام رکھنا چاہوں گی۔ میرے ہندو سنسکار میرے ساتھ رہیں گے۔ میں ان سے ناطہ توڑ کر خوش نہیں رہ سکتی۔"

"تو یہ تم سے کس نے کہا شاردا کہ تم اپنا رہن سہن بدل دو گی۔ اپنے رسم و رواج چھوڑ دو گی۔ اپنے گیت نہ گاؤ گی، اپنے بچوں کے نام اپنی مرضی سے نہ رکھ سکو گی۔"

"تم نے نہیں کہا۔ تم کہو گے بھی نہیں — مگر میں تو کہہ رہی ہوں۔ میں تو تعصب سے بھری ہوں، یہ میرے خون میں ہے۔"

"ہم سب تعصب سے بھرے ہوئے ہیں شاردا۔ یہ مذہبی تعصب اور نفرت ہمارے خون میں گھل گئی ہے۔ ہم اپنے دماغ کو قابو میں رکھ سکتے ہیں، مگر دل سے مجبور ہیں۔ لیکن شاردا اگر تم اپنے کو انقلابی کہتی ہو، تمہاری نگاہ کے آگے زندگی کی کوئی نئی تصویر گھومتی ہے، تو تمہیں اپنے اس قسم کے تعصبات کو کچلنا ہوگا۔ تمہیں اپنے دل پر جبر کر کے دماغ کا ساتھ دینا ہوگا۔ میں تمہارے ساتھ رہا۔ تم نے مجھے بہت سی اچھی عادتیں سکھائیں۔ مجھے اپنی پرانی عادتیں چھوڑتے ہوئے الجھن سی محسوس ہوئی۔ یہ بھی محسوس ہوا کہ تم مجھے ہندو بنا رہی ہو۔ لیکن پھر میں نے سوچا، میں تو صفائی، خوب صورتی اور صحت کو قبول کر رہا ہوں۔ تم کو بھی اسی طرح جد و جہد کرنا ہوگی۔ خون کے جراثیم پالنے سے نہیں مرتے۔ انہیں مارنے کے لئے ان سے لڑنا پڑتا ہے۔"

"تو تم سمجھتے ہو کہ تمہارے ساتھ رہ کر مجھے کبھی محسوس نہ ہوگا کہ میری اور تمہاری خوشیاں مختلف ہیں؟ میرے تمہارے سنسکار میل نہیں کھاتے؟ میرا دل کبھی اداس اور دکھی نہیں ہوگا؟"

"شاردا تمہارا دل اُسی وقت اداس ہوگا جب تمہارا دماغ بیمار ہوگا ——— دل اور دماغ دو چیزیں نہیں ہیں۔ جب تم پیچھے کی طرف مڑ کر دیکھو گی، جب تم کو تمہارے تعصبات کا بھوت ستائیگا، تبھی تم مجھے اپنے سے علیحدہ ملیچھ اور مسلمان سمجھو گی لیکن جب تک ہم آگے ایک نئے افق کی طرف تکتے رہیں گے تب تک ہمیں کبھی محسوس نہ ہوگا کہ ہم ہندو اور مسلمان ہیں۔ ہاں یہ ضرور ہے کہ تمہیں ایک ہی چیز چُننا ہوگی ہمیشہ کے لئے۔ کبھی نہ پچھتانے کے ارادے سے ——— اور وہ یہ کہ پیدائش اور مذہب کی بنا پر آدمی سے نفرت نہیں کروگی۔ بولو۔"

جواب میں شاردا نے جھکی ہوئی نظروں سے شریف کی طرف دیکھا اور اس کی گود میں منھ چھپاتے ہوئے بولی: کیا بولوں؟ میرے پاس بولنے کو اب رہ کیا گیا ہے؟"

آنسو

اُس دن ششی کی ماں کے آنسو نہ تھمتے تھے حالانکہ اس حادثہ کو بہت دن بیت چکے تھے۔ اور گھر کے سارے آدمی اُس کو ان بہت سے زخموں میں سے ایک سمجھنے لگے تھے۔ جو انہوں نے پنجاب سے آتے ہوئے کھائے تھے اور جو اب بھر چلے تھے۔ لیکن آج جب مسز مہتہ نے ششی کی ماں سے پوچھا کہ کیا ان کے کوئی لڑکی نہیں ہے تو جیسے وہ گھاؤ پھر سے تازہ ہو گیا۔ ششی کی والدہ کو محسوس ہوا جیسے کسی نے ایک برچھی کانوں کی راہ ان کے سینہ میں بھونک دی ہے۔ مگر انہوں نے بڑی کامیابی سے اداکاری کی اور گہرا سانس بھر کر جواب دیا تھا: "نہ جی ویسے سب سکھ دیکھے لیکن بیٹی کا سکھ اس جنم میں نہ ملا"—— اللہ اسی ڈر سے کہ یہ چرچا آگے نہ چلے انہوں نے اس موضوع کو یوں سمیٹ دیا—— "چلو جی گرہست میں جتنے کم دکھ ہوں گے، اتنا ہی اچھا۔ اپنی بیٹی ہوتی تو اُسے پال پوس کر کسی پرائے کو

سونپنا پڑتا۔ اب کسی کی پالی پوسی بیٹی کو بہو بناکر گھر لے آئیں گے،
——— بہو بھی تو بیٹی سے کم نہیں ہوتی "
مسز مہتہ نے نہ صرف اس رائے سے سو فیصدی اتفاق کیا تھا بلکہ اس بات پر یقین بھی کر لیا تھا کہ ان کے کوئی لڑکی نہ تھی۔ لیکن ششی کی ماں کے لئے مسز مہتہ کے سامنے بیٹھے رہنا مشکل ہو گیا۔ جتنی دیر مسز مہتہ بیٹھی رہیں؛ انہوں نے خون کے اُس اچھالے کو منہ میں روکے رکھا جو سینہ کے پرانے گھاؤ سے رس رس کر حلق تک آ گیا تھا۔ لیکن جونہی مسز مہتہ اٹھ کر گئیں وہ اپنے کمرے میں جاکر چارپائی پر اس طرح گر پڑیں جیسے کوئی اداکارہ اپنی طاقت سے باہر ایکٹنگ کر کے چور چور ہو جائے۔ رات گئے جب ششی کے پتا اور اس کے بھائی آئے تو انہوں نے دیکھا کہ وہ کلیجہ پکڑ پکڑ کر اس طرح بلکھ رہی ہے، جیسے کوئی رک رک کر اس کا دل مسل رہا ہو۔
وہ سب اس پر جھک گئے: "کانتا تمہیں کیا ہوا ہے بولو بتاؤ" ششی کے پتا نے بڑی نرمی سے پوچھا۔ "ماں کیا دکھ پہنچا ہے تمہیں؟ ہم کو بتاؤ۔ ہم تمہارا حکم ملتے ہی تمہاری خواہش پوری کریں گے" ششی کے دونوں بھائیوں نے ماں کو

تسلی دی۔

اور آخر جب انھوں نے بہت تسلی دی اور بہت سمجھایا اور بہت پوچھا تو اُس نے ایک چیخ مار کر اپنی آتما کا دُکھ ظاہر کر دیا۔

—— "میری بیٹی، میری ششی۔ ہائے آج میں یہ کہنے سے پہلے کیوں نہ مر گئی کہ میرے کوئی بیٹی نہیں ہے۔ میں نے اپنی زندہ بیٹی کو کھا لیا۔ میں ماں نہیں ڈاین ہوں!" یہ کہتے کہتے اس کو تین چار ہچکیاں آئیں، آنکھیں پھٹ گئیں اور سانس تم اکھڑ گیا۔

"ماں —— ماں" لڑکوں نے تسلی دیتے ہوئے کہا۔

"تم حوصلہ رکھو ورنہ تم کو دورہ پڑ جائے گا۔ ششی آئیگی۔ ہم ششی کو لائیں گے —— ہم وچن دیتے ہیں کہ جب تک اپنی بہن کو چھڑا کر نہ لائیں گے، چین سے نہ بیٹھیں گے۔ ہم تمہارے دودھ کی قسم کھاتے ہیں کہ ہم پاکستان جائیں گے اس کا پتہ لگا کر واپس لائیں گے۔ بس تم ہمت نہ ہارو۔"

ششی کے دونوں بھائیوں نے اپنے سر ماں کے سینے پر رکھ دیئے اور پھپک پھپک کر بالکوں کی طرح رونے لگے۔

° کانتا —— ان بچوں کا تو خیال کرو —— تمہاری

یہ دشا دیکھ کر ان کی کیا حالت ہوگئی ہے کیسے پھوٹ پھوٹ کر رو رہے ہیں ــــــ انہیں کی خاطر اپنے کو سنبھالو ــــــ انہوں نے قسم کھائی ہے، وچن دیا ہے کہ یہ اپنی بہن کو تلاش کرکے ہی دم لیں گے ــــــ میں بھی وعدہ کرتا ہوں کہ ابھی سے اس کا پتہ لگانے کی کوشش کروں گا۔"

یہ سُنکر ششی کی ماں کو قدرے تسلی ہوئی مگر آنسو پھر بھی نہ رُکے ــــــ "تم وچن دیتے ہو کہ میری بیٹی مجھے لادوگے؟ جیسے بھی ہو، جہاں سے بھی ہو؟"

"ہاں۔ہاں" ــــــ دونوں بیٹوں نے ایک ساتھ کہا: "تم مطمئن رہو ــــــ ششی ہماری بہن ہے۔ہم اپنی بہن کو لاکر رہیں گے ــــــ ہم پر یقین کرو۔"

اور ماں نے آنسو پوچھے اور بستر سے اُٹھ کر رسوئی کی طرف چلی گئی۔

ششی اس خاندان کی اکلوتی لڑکی تھی۔ یہ خاندان پہلے لائل پور میں آباد تھا۔ لیکن جب فسادات ہوئے اور انسان نے حیوان کا روپ دھارن کرکے خونی طاقتوں کو آزاد کردیا

تو یہ خاندان بھی لائل پور سے جان بچا کر بھاگ نکلا۔ششی کے والد بہت بڑے ٹھیکیدار تھے۔ ان کا بڑا اثر اور رسوخ تھا۔ اسی لئے اپنی جان کے ساتھ وہ اپنی دولت اور اپنے سامان کا بڑا حصہ بھی نکال لانے میں کامیاب ہو گئے تھے۔ صرف ششی وہاں رہ گئی تھی۔

یہاں تک بھی وہ سستے چھوٹے تھے ورنہ انھوں نے خود اپنی آنکھ سے دیکھا تھا کہ خاندان کے خاندان اپنی دولت اور اپنی عورتوں اور بیٹیوں کی عصمت سمیت موت اور تباہی کا شکار بن گئے تھے۔ اس لئے جب وہ دلّی میں ہوائی جہاز سے اُترے تو ششی کے پتا نے اس پرم پتا پرمیشور کو بار بار پرنام کیا جس نے موت کے دہکتے ہوئے شعلوں سے ان کو بچا دیا تھا۔ اور جب اثر اور رسوخ سے انھیں ایک اچھا مکان مل گیا، ایک سرکاری ٹھیکہ مل گیا تو اُن کا یہ یقین ایمان میں تبدیل ہو گیا کہ وہ سچ مچ بڑے خوش نصیب ہیں اور پرماتما بڑا دیالو ہے جس نے چھوٹی سے بھینٹ لے کر انھیں ساری نعمتیں بخش دیں۔

اُس دن سے گھر میں ششی کا نام لینا بند ہو گیا بھولے

سے بھی اس کا ذکر نہ آتا تھا۔ وہ خلا جو ششی کے اغوا سے خاندان کی زندگی میں پیدا ہو گیا تھا، وقت کے ساتھ ساتھ بھرنے لگا۔ لوک لاج اور بے عزتی کے خوف نے انھیں جذباتیت کے چنگل سے نکلنے اور من سمجھانے اور صبر کرنے میں بہت مدد دی۔ ششی کے پتا اور ان کے بھائیوں کے حق میں یہ اور زیادہ باعثِ سکون ثابت ہوا۔ ششی کے اغوا کی یاد آتے ہی تینوں کی مردانگی کو ٹھیس پہنچتی تھی۔ اُن کا ضمیر انہیں لعنت ملامت کرنے لگتا تھا۔ اس لئے یہ ان کے حق میں تھا کہ وہ ششی کی یاد کو حرف غلط کی طرح مٹا دیں۔ اور اُنھوں نے اِس یاد کو بڑی بے دردی سے مسل ڈالا۔ صرف ایک ماں تھی جس کی آتما دن کی سنسان گھڑیوں اور رات کے اندھیرے سناٹوں میں چیخیں مار مار کر اسے تڑپاتی رہتی تھی۔ دلّی آکر اس کی ملاقات چونکہ کم لوگوں سے ہوئی تھی، اس لیے بیٹی کے بارے میں کسی نے بھی سوال نہ کیا تھا۔ اور اسے وہ جواب نہ دینا پڑا تھا، جسے سُن کر خود اس کی آتما اور آتما میں سوئی ہوئی ممتا کی بھاونا ایک زخمی ناگن کی طرح پھنکار اٹھتی تھی۔

دن گذرتے گئے۔ ششی کی ماں کو یہ ایکٹنگ کئی بار

اور کرنا پڑا کیونکہ ملاقات کا دائرہ بڑھ رہا تھا۔ لیکن اب ایکٹنگ کرنے کے لئے انہیں اپنی تمام طاقتوں کو بٹورنا نہ پڑتا۔ ایسے موقعوں پر ان کی ویسی حالت بھی نہ ہوتی جیسی پہلے موقع پر ہوئی تھی۔ لیکن گناہ اور ندامت کے احساس کو دور کرنے کے لئے وہ ہر بار یہ عہد کر لیتی کہ اگر ششی کا پتہ لگ جائے گا تو وہ اُسے نکال لانے کے لئے پوری کوشش کروائے گی۔

انہیں دنوں اغوا شدہ عورتوں کو نکال لانے کا کام شروع ہو گیا۔ اور ہولناک خبروں کا ایک سیلاب سا اُمڈ آیا۔ جو عورتیں نکال کر لائی جا رہی تھیں ان کی دُردشا کا حال پڑھ کر ششی کی ماں کی روح سہم سہم جاتی تھی۔ جو عورتیں لائی گئی تھیں ان میں سے بہت سی حاملہ تھیں۔ بہت سی خطرناک بیماریوں کا شکار۔ بہت سی عورتوں کے ہاتھوں پر "اللہ اکبر" اور جسم کے مختلف حصوں پر اُن مالکوں کے نام گودے ہوئے تھے جن کے ہاتھ انہیں باری باری بیچا گیا۔ غرضیکہ وہ عورتیں نہ تھیں، انسان کی درندگی، اس کی نفس پرستی، اس کی بربریت کی ہولناک دستاویزیں تھیں ——— ششی کی ماں ان خبروں کو سنتی اور مَن کے اندر نہ جانے کیا ہوتا کہ اُس کا دل

ڈوبنے لگتا اور اُس کے چہرے پر متضاد خیالات کی پرچھائیاں ایک دوسرے سے لڑتی جھگڑتی نظر آتیں۔

ایک دن وہ گھر میں اکیلی تھی ششی کے پتا اور بھائی باہر گئے ہوئے تھے۔ وہ سو رہی تھی کہ نوکر نے انہیں جگایا ——— "ماں جی یہ رجسٹری آئی ہے، دستخط چاہئیں"۔ اور یہ کہہ کر نوکر نے رجسٹری آگے کر دی۔ اُس نے دستخط کئے۔ اور رجسٹری لے کر پھر لیٹ گئی۔ لیٹے لیٹے جانے کیا ہوا کہ وہ اُٹھی اور لفافہ کو پھاڑ کر خط نکالا ——— خط سرکاری تھا۔ وہ اتنی انگریزی ضرور جانتی تھی کہ صاف لکھے خط کو پڑھ سکے۔ اس نے خط پڑھنا شروع کیا ——— ایک لائن ..... دوسری لائن .....

یہ کیا؟ ——— اُس نے جھٹک کر خط دوبارہ پڑھنا شروع کیا۔ کیا؟ ...... کیا ششی کا پتہ مل گیا!، ....

..... وہ پاکستان سے نکال کر ہندوستان لائی گئی ہے، اور ایک ساتھ جیسے ممتا کا سویا ہوا سمندر جاگ اٹھا۔ میری بیٹی مل گئی ..... میری بیٹی مل گئی۔" اُس نے چلا کر نوکر کو بلانا چاہا لیکن کیا تھا جیسے ایک بجلی چمکی، اور اس نے سب کچھ پھونک کر رکھ دیا ....

سمندر ایسے بجھ گیا جیسے کسی نے اس کی چھاتی میں شگاف کر دیا۔

'تو اب شنی آئے گی .... اس خاندان میں !........ اس خاندان میں جس کے متعلق مشہور ہو چکا ہے کہ اس میں کوئی لڑکی نہیں ہے...... پھر یہ لڑکی ؟ .... اور یکایک شنی کی ماں کی آنکھوں کے آگے سینکڑوں آنکھیں اور لاکھوں انگلیاں اٹھتی نظر آنے لگیں....... 'نہیں نہیں، میں ان سے کہہ دونگی یہ میری بیٹی ہے ——— میری اپنی بیٹی ہے۔ پہلے میں نے جھوٹ بولا تھا۔ ہاں میں نڈر ہو کر یہ کہہ دوں گی...... میں کہہ دوں گی وہ ہندوستان آکر ہم سے بچھڑ گئی تھی اور اپنے ننھال چلی گئی تھی۔ انہیں ہمارا دلی کا پتہ معلوم نہ تھا۔ اس لئے ہمیں خبر نہ مل سکی اور ہم نے کہہ دیا کہ ....؟'

اندر وہ دل ہی دل میں تمام سوالوں کے جواب اور تمام اعتراضوں کی صفائی دے کر من کی اس سندر گھڑی کے تصور میں کھو گئی جب اس کی بیٹی دوڑی آئے گی اور آنسو بہاتی اپنی ابھاگن ماں کے ترسے ہوئے سینہ سے لگ جائے گی اور ماں اپنے کپکپاتے ہوئے ہاتھوں سے اپنی بچی کا جانا پہچانا چہرہ چومنے کے لئے اوپر اٹھائیگی۔ ——— اور اسے دکھائی دے گا۔ چھ لمبے لمبے مہینوں کے بعد وہ جانا پہچانا، چاند سا مکھڑا...... لیکن ایک ساتھ جیسے

ذہن میں کسی کے جھانجھ بجا دیا اور ایک بڑا سا پتھر اُٹھا کر اس کے سر پہ دے مارا —— اس کے سامنے ششی کی ایک تصویر اُبھر آئی۔ اس ششی کی جو اغوا ہونے کے بعد برآمد کی گئی ہے، جس کے ماتھے پر چاند تارا گودا ہوا ہے۔ جس کے گالوں پر جنگلی دانتوں کے نشان ہیں اور جس کے جسم پر اللہ اکبر اور ان آدمیوں کے نام گودے ہوئے ہیں، جنہوں نے —— 'نہیں نہیں ایسا نہیں ہو سکتا —— میری بیٹی کا ایسا سرناش نہیں ہو سکتا۔ ہرگز نہیں ہو سکتا۔ لیکن اس بار ذہن میں کوئی مسکرایا —— لیکن کتنا زہر تھا اس مسکراہٹ میں۔ 'ہاں —— تمہاری بیٹی کا اتنا سرناش نہیں ہو سکتا کیوں کہ وہ تو اپنے ننھال سے آرہی ہے؟ اور وہ مسکراہٹ ایک ظالم چہرہ میں بدل گئی —— تم اتنا بھی نہیں سوچ سکتی؟ خوابوں کی دنیا میں پناہ لینا چاہتی ہو ہے' —— اور جیسے اُس کے سیاہ ظالم ہاتھوں نے جھک کر ششی کا کُرتا اٹھا دیا اور ششی کا ابھرا ہوا پیٹ ماں کی نگاہوں سے ٹکرایا —— "میری ماں" —— ششی کی ماں نے مشکل سے اپنی چیخ روکی۔ کیا؟ ..... کیا ششی کے پیٹ میں بھی پاپ کا پھوڑا ہو گا؟ کیا وہ بھی پاپ اور دُراچار

کی اس زندہ نشانی کو اٹھائے پھر رہی ہوگی؟" اور ایک بار پھر اس کی نگاہوں کے سامنے رشتہ داروں، جان پہچان والوں اور پڑوسیوں کے تھو تھو کرتے ہوئے چہرے آنے اور جانے لگے —— اس کا سر چکرا گیا اور وہ بیہوش ہوگئی۔

لیکن جب شام ہوتی تو ششی کی ماں ایسے بیٹھی تھی جیسے اس نے اس سارے زہر کو خود پی لیا ہے۔ اس لئے جب رات کو ششی کے پتا اور بھائی آئے اور انہوں نے پوچھا کہ کیا کوئی خط آیا تھا، تو اس نے بڑی آسانی سے اور بغیر کسی جذبہ کے کہہ دیا: "نہیں تو" —— اور اٹھتے ہوئے بولی: "ہاتھ منہ دھو لو —— بہت رات ہوگئی ہے۔ میں کھانا لاتی ہوں"

وہ کھانا لائی، سب نے کھایا اور اس نے بھی کھایا اور پھر سب سونے کو چلے گئے۔ وہ پوری طرح شانت تھی لیکن اس کے اندر جیسے ابھی تک کوئی چیز پھنسی ہوئی تھی جو اس کا دم گھونٹے ڈال رہی تھی۔ وہ بستر پر پڑی بے قراری سے کروٹ بدل رہی تھی کہ یکایک اسے پاس کے کمرے سے پتی اور لڑکوں کے ہولے ہولے باتیں کرنے کی آواز سنائی دی۔ وہ چپکے سے اٹھی اور اُس نے کان لگا کر سنا۔ اس کا پتی کہہ رہا تھا —— "چلو

یہ بھی اچھا ہوا کہ خط آج نہیں آیا ورنہ تمہاری ماں کے ہاتھ پڑ جانے سے سارا کھیل بگڑ جاتا۔ اب کل ہم گھر رہیں گے جس سے رجسٹری تمہاری ماں کے ہاتھ نہ پڑنے پائے۔ اور سرِشش ——— تم کل ہی امرت سر جا کر جس طرح ہو ششی کو یہاں آنے سے روک دو۔ اگر افسروں کو روپیہ دینے سے معاملہ رفع دفع ہو جائے تو ٹھیک ہے، ورنہ پھر کسی ڈاکٹر سے مل کر وہ آخری ترکیب کرنا۔ سمجھے؟"

ششی کی ماں یہ تو نہ سمجھ سکی کہ یہ آخری ترکیب کیا تھی، لیکن یہ سُن کر گویا اس کے اندر پھنسی ہوئی چیز ایک ساتھ نکل گئی اور اُسے محسوس ہوا وہ اب آزادی سے سانس لے سکتی ہے، اور چین سے بستر پر جا کر سو سکتی ہے۔ وہ بستر پر جا کر لیٹ گئی لیٹنے کی دیر تھی۔ اُسے سچ مچ چین کی نیند آ گئی۔

رات بھر وہ اطمینان سے سوتی رہی ——— نہ اُسے کوئی بھیانک خواب دکھائی دیا اور نہ وہ سوتے سوتے چونکی۔ ہاں آنسو ضرور چپکے چپکے رات بھر اس کی آنکھوں سے نکلتے رہے اور نکل کر تکیے میں جذب ہوتے رہے + +

اَب اَپنا راج ہے

رات اندھیری اور ٹھنڈی تھی۔ ہوا اپنی جھولی میں برف کے تیر بھر کر چھوڑتی پھر رہی تھی۔ اس اندھیری رات میں اور ان برف کے تیروں سے پناہ لینے کے لئے چار لکڑیاں گاڑ کر اس کے سہارے پرانی چٹائیاں کھڑی کر کے اور ان کے اوپر پھٹی بوریاں ڈال کر ایک گھر بنایا گیا تھا۔ اِس میں جمنا اس کا شوہر اور اس کے چار بچے اپنے گھٹنے پیٹوں میں دئے، ایک دوسرے سے پھڑے گڈمڈ پڑے تھے۔ اُن کے نیچے سوتیلی ماں کی طرح ٹھنڈی زمین اور اوپر ظالم باپ کی طرح بے درد اور ننگا آسمان تھا۔ لیکن پھر بھی وہ سو گئے تھے۔ تکان نے ان کے جسموں کو اس قدر توڑ دیا تھا کہ برفیلی ہوا کے جھونکے بھی بے اثر ہو گئے تھے۔ لیکن جمنا ابھی تک جاگ رہی تھی اور پھٹے ہوئے بوریئے سے آسمان میں اس تارے کو دیکھ رہی تھی جو کسی یتیم بچے کی طرح پڑا ٹھٹھر رہا تھا۔ چاروں طرف

کی خاموشی اور گھور اندھیارے میں نظر آتے ہوئے اس ٹیلے نے جمنا پر ایک
عجیب سی کیفیت طاری کر دی۔ وہ برفیلی ہوا کو چٹائی اور بوریے کے
اس جھونپڑے کو حتیٰ کہ اپنی موجودہ حالت بھی بھولنے سی لگی اور بہت
سی بھولی باتیں اُسے یاد آنے لگیں۔

ہاں اسے اب یاد آ رہا تھا کہ وہ اپنے گھر کی چھت پر اسی طرح
پہلو کے بل لیٹی تھی۔ اور اس کا ننھا چُسر چُسر اُس کا دودھ پی رہا تھا
اور اس کی نگاہیں یونہی آسمان میں ایک بڑے سے تارے پر
جم کر رہ گئی تھیں۔ وہ عجیب عجیب سے خواب دیکھنے لگی تھی ایسے
خواب وہ اپنی کھلی آنکھوں سے دیکھ رہی تھی جن کا تعلق اُس سے
اس کی زندگی سے اور اس کے مستقبل سے تھا۔ جو اس کی زندگی کا
دکھ اور سنکٹ دور کر کے خوشی اور چین کا سندیش دے رہے
تھے۔ پہلو کے بل لیٹی ہوئی، بچے کو دودھ پلاتی ہوئی اور تارے
کو دیکھتی ہوئی وہ سوچ رہی تھی: اب کچھ ہی دنوں میں اس کی
زمین اسے واپس دے دی جائے گی۔ اس کا شوہر نمبردار کی بیگار
چھوڑ کر اپنے کھیتوں میں کام کرنے لگے گا۔ سارا قرض معاف
کر دیا جائے گا۔ اُس سودخوار ساہوکار کو پھانسی دے دی جائے گی
جس نے سو روپے کے بدلے اس کی ساری زمین ہڑپ کر لی۔ اللہ

اس کے بچے نمبردار کے بچوں کی طرح پاس کے قصبہ میں پڑھنے جایا
کریں گے۔ اس کے شوہر ہی نے تو اُسے بتایا تھا کہ سات دن
بعد ہندوستان کو آزادی مل جائے گی۔ سب آزاد ہو جائیں گے
پھر کوئی کسی پر ظلم یا زیادتی نہ کر سکے گا۔ غریبوں اور کسانوں کا
راج ہوگا۔ اور جمنا کے دماغ میں حسین خیالات کے سوتے اُبل
اُبل کر آزادی کے سورج کی روشنی میں جگ مگ جگ مگ کرتے
بہہ رہے تھے۔ وہ بڑی بے تابی سے ان سات دنوں کے
گذرنے کا انتظار کر رہی تھی۔

پھر آزادی کی گھڑی آئی۔ خواب میں نہیں، بلکہ حقیقت میں۔
سب نے مل کر دئے جلائے۔ سارا گاؤں خوشی سے ناچ رہا تھا۔ منڈیروں
پر چراغوں کی جھالریں جل رہی تھیں اور گلیوں میں خوشی اور مستی
کے قہقہے گونج رہے تھے۔ جمنا نے پرانے غم بھلا دیئے اور دیوں
کی جیوتی سے اس آزادی کی آرتی اتاری جو اُس کے سپنوں کی
دیوی بن کر آئی تھی۔

لیکن یہ رات کس قدر مختصر تھی۔ یہ جوش، یہ خوشی، یہ اُمنگ
کتنی جھوٹی ثابت ہوئی۔ جیسے یہ سب ایک واہمہ تھا، ظالم واہمہ
دوسری صبح ہوتے ہی دور ڈھولوں کی آوازیں سنائی دیں۔ اِن

آوازوں کے ساتھ انسانی شور اور انسانی چیخیں بھی سنائی دیں۔ سارے گاؤں پر جیسے فالج سا پڑ گیا اور سب کی رگوں میں خون خشک ہو گیا۔ ایک مردہ منحوس خاموشی گاؤں پر چھا گئی۔ اس گاؤں میں ہندوؤں کی تعداد زیادہ نہ تھی اِس لئے جب دوسرے گاؤں والے اِس پر حملہ کرنے آئے تو وہ گھروں میں بند ہو کر بیٹھ گئے۔ صرف اس گاؤں کے مسلمانوں نے گھروں سے باہر نکل کر قسم کھائی کہ وہ اُن کا بال بھی بیکا نہ ہونے دیں گے۔ وہ لوگ مل کر اور ہتھیاروں سے لیس ہو کر گاؤں کے ناکوں پر جمع ہو گئے۔ انہوں نے حملہ آوروں کو صاف صاف بتا دیا کہ وہ اپنی جان کی بازی لگا دیں گے لیکن اپنے گاؤں میں خون خرابہ نہ ہونے دیں گے۔ اُس دن حملہ آور لوٹ گئے۔ لیکن ہر گھڑی۔ ہر پل۔ ہر رات اور ہر صبح گرد و نواح سے بڑی بڑی خوفناک آوازیں آتیں۔ رونگٹے کھڑے کرنے والی خبریں ملتیں۔ کبھی کبھی ان خبروں کی تصدیق کرنے کے لئے ایک آدھ آدمی یا عورت اُدھر آ نکلتا ہاتھ کٹے ہوئے کٹی ہوئی چھاتیاں لئے جسم زخموں سے چھلنی اِن سے زیادہ خوفناک اور لرزہ خیز اُن کی کہانیاں ہوتیں اور اندھیرا پڑتے ہی جب چاروں طرف سے ڈھولوں کا شور اور دردناک چیخ پکار

سنائی دینے لگتی تو ان آدمیوں کے زخم خوردہ جسم سب کی آنکھوں کے سامنے ناچنے لگتے ——— وہ خبریں اور افواہیں زندہ ہوکر ان کے سامنے آجاتیں۔ گاؤں کے ہندوؤں کے پاؤں اکھڑنے لگے تھے۔

اودھو نے کتنی ہی مرتبہ جمنا سے کہا کہ آؤ گاؤں چھوڑ چلیں، آس پاس کے سب گاؤں خالی ہو گئے ہیں، اب یہاں خیر نہیں ہے، گاؤں والوں میں سے کچھ لوگوں کی نیت خراب ہو گئی ہے، کچھ لوگ ساہوکار کے قرض اور ظلم کا بدلہ لینا چاہتے ہیں، کسی دن شیطان ان پر قابو پالے گا۔ لیکن جمنا برابر انکار کرتی رہی تھی۔ وہ اس بات کا تصور ہی نہ کر سکتی تھی کہ وہ گاؤں چھوڑ سکتی ہے وہ اسی گاؤں کی بیٹی اور اسی گاؤں کی بہو تھی۔ اس کے کھیت کھلیان اور پن گھٹ اُس کے بچپن اور اس کی جوانی کے خوابوں اور نغموں کا ایک بہت بڑا حصہ تھے۔ وہ نیم کے پیڑ جن میں جھولا پڑتا تھا۔ وہ آنگن جہاں ماہیا گایا جاتا تھا، وہ کنواں جہاں گاؤں بھر کی کنواریوں اور بیاہیوں کے جمگھٹ لگتے تھے، بھلا کیسے چھوڑا جا سکتا تھا انکو، وہ اپنا گاؤں چھوڑ کر جائے کیوں؟ کیوں جائے؟ اور

جائے بھی تو کہاں جائے؟ ——— اپنے مکان کو اس نے تالاب سے چکنی مٹی ڈھو ڈھو کر اپنے ہاتھوں سے بنایا تھا۔ اپنے ہاتھوں سے لیپ پوت کر اس کا سنگھار کیا تھا۔ اس میں اس کی چکّی تھی، چولھا تھا اوکھلی تھی۔ وہ بھلا ان چیزوں کو کس طرح چھوڑ کر جا سکتی ہے؟ وہ انہیں اٹھا کر دوسری جگہ کس طرح لے جا سکتی ہے؟ اس نے صاف انکار کر دیا۔

"جمنا اگر تو یہی چاہتی ہے کہ ہم سب اسی گاؤں میں مر کھپ جائیں تو تیری مرضی ویسے اب بھی وقت ہے۔" اس کے شوہر نے اسے آخری بار سمجھایا۔ لیکن اس کی سمجھ میں کچھ نہ آیا۔ دو دن اور گذر گئے۔ یکایک آدھی رات کو گاؤں میں شور بلند ہوا۔ ایک طرف سے شعلہ بھڑکا اور پھر واویلا مچ گیا۔ نسیم کی ماں دوڑتی ہوئی آئی اور دروازہ پیٹنے لگی۔ "او اودھو کی بہو، جمنا، اری کواڑ کھول"

اودھو نے دوڑ کر کواڑ کھولی ——— "تم بوا؟"

"ارے دروازہ بند کرے۔" نسیم کی ماں کا سانس چڑھ رہا تھا

"بوا یہ ایک ساتھ کیا ہوا؟" جمنا نسیم کی ماں کو جھنجھوڑ کر بولی۔

"اب خیر نہیں ہے جمنا۔" نسیم کی ماں کا سانس اکھڑ رہا تھا

"تم لوگ بھاگ جاؤ۔ باہر کے لوگوں نے چڑھائی کر دی ہے۔"

اور گاؤں کے کچھ لوگ ان سے مل گئے ہیں۔ انہوں نے ساہوکار کے گھر کو لوٹ لیا ہے اور اس کی لڑکیوں کو ننگا کر کے پیڑ سے باندھ دیا ہے۔ جمنا اپنی عزت آبرو بچانی ہو تو بھاگ جا اسی وقت، پچھواڑے سے!" اور نسیم کی ماں گر پڑی۔ اس کی بوڑھی آنکھیں خوف سے پھٹ گئی تھیں۔ اس کے کمزور جسم کے انجر پنجر کو سانسوں کے تھپیڑوں نے ہلا ڈالا تھا۔ اُسے غش آگیا۔ اور اُس کو اسی حالت میں چھوڑ کر جمنا، جمنا کا شوہر اور اس کے بچے بھاگ کھڑے ہوئے تھے۔ جمنا نے اپنے گہنوں کی ہنڈیوں کو نکالنے کے لئے زمین کھودنا چاہی تھی، مگر او دھو نے بڑی بے دردی سے اسے کھینچ کر کہا تھا: "ستیاناس تو کر دیا اب یہاں اور ٹھہر کر میری بوٹیاں اُڑتے دیکھنا چاہتی ہے!"

وہ سب بھاگ کھڑے ہوئے۔ جمنا کو اچھی طرح یاد تھا کہ جب وہ بھاگ رہے تھے تو کسی نے انھیں دیکھ کر شور مچایا تھا۔ اس شور کو سن کر پہلی مرتبہ جمنا کو محسوس ہوا کہ سب سے زیادہ عزیز شے اس کی جان تھی۔ جان بچانے کے لئے کس قدر تیز بھاگی تھی وہ۔ اس وقت اُس کے راستے میں نیم کا پیڑ بھی آیا تھا جس پر جھولا پڑتا تھا۔ وہ کنواں بھی آیا تھا جس پر وہ پانی بھرنے جایا

کرتی تھی۔ وہ کھیت بھی آئے تھے جن میں وہ کپاس چننے جایا کرتی تھی۔ لیکن اُس دن انہوں نے اُس کے قدموں میں سستی پیدا نہ کی۔ اُسے نہ روکا۔ بلکہ انہیں دیکھ کر وہ اور تیز دوڑنے لگی۔ تھی وہ انہیں پار کرنا چاہتی تھی۔ جلد سے جلد، تیز سے تیز وہ جیسے دشمن کے جنگل تھے اور خون کے پیاسے جنگل۔ جب انہوں نے گاؤں پار کرلیا تو بھی جمنا نے پلٹ کر گاؤں کی طرف نہ دیکھا۔ وہ برابر بھاگتی رہی۔

اُن کی جنم بھومی اُن سے چھین لی گئی تھی۔ انہیں جلا وطن کر دیا گیا تھا۔

جمنا ہر قسم کی مصیبتوں کا مقابلہ کرتی دہلی آگئی۔ مگر دہلی آکر اس نے دیکھا کہ وہاں چپہ چپہ زمین گھری ہوئی تھی۔ گلیاں اور بازار، آدمیوں سے بھرے پڑے تھے۔ پارکوں اور دھرم شالاؤں میں پاؤں رکھنے کی جگہ نہ تھی۔ اودھوا در جمنا چھ دن تک بچوں سمیت مارے مارے پھرتے رہے۔ کسی کیمپ کے لنگر سے وہ روکھی سوکھی روٹیاں لے کر سارا دن جگہ کی تلاش میں گذار دیتے۔ بعض دن انہیں روٹی بھی میسر نہ ہوتی اور بچے بھوک

پیاس سے بے تاب ہوکر چلاتے۔ مگر جیسے جمنا اِن سب باتوں کی عادی ہوگئی تھی۔ اُس کے قدموں میں لڑکھڑاہٹ پیدا نہ ہوئی اِس نے ہمت نہ ہاری۔ وہ دن بھر ادھر سے ادھر مکان کی تلاش میں پھرتی رہتی۔

آخر ایک دن انہیں ایک جگہ مل گئی۔ شہر سے دُور، ایک جگہ جہاں کوڑے کرکٹ اور ٹین کے زنگ آلود ٹکڑوں کے ڈھیر لگے تھے اور شہر کے بے گھر لوگ رفعِ حاجت کے لئے ہر وقت بیٹھے نظر آتے تھے اور ان کے اوپر چیلیں اور کوّے منڈلاتے رہتے تھے، ایک اصطبل تھا۔ یا یوں کہنا چاہیئے کہ وہ کبھی اصطبل تھا چودھری ہر بھول سنگھ کا۔ اب اس کی یہ حالت تھی کہ ایک طرف کی دیوار بیٹھ گئی تھی اور اس کے ساتھ اُس طرف کی چھت بھی۔ اس وجہ سے وہ اصطبل دور سے مثلث کی شکل کا نظر آتا تھا۔ اُس کی دیواریں ایک ایک اینٹ کی تھیں اور ان میں بڑے بڑے چھید تھے۔ چھت کی کچی لکڑی کو دیمک چاٹ گئی تھی اور ساری چھت کسی گھڑی بھی گر سکتی تھی۔ اُس کے فرش پر گھوڑوں کے بندھے رہنے کی وجہ سے بڑے بڑے

گڈھے پڑ گئے تھے۔ فرش مٹی کے بجائے، اگر دن نیچے تک گھوڑوں کی لید کی تہوں کا تھا اور ان کے پیشاب کی تیزابی بو سارے اصطبل میں بسی ہوئی تھی۔ مچھروں کی وجہ سے دن میں بھی سارا اصطبل گونجتا رہتا تھا۔ اس میں نہ کواڑ تھے، نہ کوئی محافظ تھا۔ آخر اس میں رکھا کیا تھا جس کی حفاظت کی جاتی؟ چودھری نے اپنے گھوڑوں کے لئے دوسرا پکا اصطبل بنا لیا تھا۔

جمنا اور اس کا شوہر اس جگہ کو دیکھتے ہی نہال ہو گئے۔ انہیں محسوس ہوا گویا بھگوان نے ان کے لئے ایک راج محل کھڑا کیا ہے۔ انہوں نے اس میں ڈیرا ڈال دیا۔ اپنا گاؤں چھوڑنے کے بعد اُس رات وہ کسی سایہ دار جگہ میں پاؤں پھیلا کر سوئے تھے۔ انہیں کیسی گہری اور آرام کی نیند آتی تھی۔

اب جمنا نے پھر اپنی زندگی شروع کر دی۔ اس کا شوہر ایک پتیلے میں چھولے بنا کر بازار میں نکل جاتا۔ اس کے تین بیٹے سیب کے بٹن۔ سوئیاں۔ شیشے کنگھے۔ مٹھائی کی گولیاں اور اسی قسم کی دوسری چیزیں لئے سارے شہر میں گلیوں گلیوں بیچتے پھرتے۔ وہ خود اپنی چھوٹی لڑکی کو اصطبل میں چھوڑ کر نکل جاتی، پانی لانے، لکڑیاں چننے

کنڈے بنانے کے لئے سڑک پر سے گوبر اٹھانے، کسی حلوائی کی دکان پر جھوٹے برتن مانجھنے۔ غرضیکہ جس کام سے بھی دو روٹیوں کا سہارا ملتا وہ اُسی کام کو کرتی۔ رات گئے سب ادھر ادھر سے لوٹ آتے۔ جمنا ان کے آنے سے پہلے ہی لوٹ آتی اور روٹیاں سینک کر تیار رکھتی۔ روٹیاں کھاتے ہی سب کٹے ہوئے درختوں کی طرح نیند کی گود میں گر جاتے۔

دھیرے دھیرے اصطبل کی آبادی بڑھنے لگی۔ دن بھر شرنارتھیوں کے جھنڈ جگہ کی تلاش میں ادھر سے ادھر مارے مارے پھرا کرتے تھے۔ جمنا کو وہاں رہتے دیکھ کر لوگ اُدھر آنے لگے۔ گو مکان کی چھت ہر گھڑی گرنے کی دھمکی دیتی نظر آتی تھی، اور اُس کے پاس سے گزرتے ہوئے ڈر معلوم ہوتا تھا؛ لیکن پھر بھی جس کو جگہ کا پتہ لگتا وہ اسی میں آن رہتا۔ کوئی تین چار دن میں اُس اصطبل کے اندر پورے پندرہ خاندان آباد ہو گئے۔

چودھری ہر پھول سنگھ کو خبر ملی کہ ان کا پرانا اصطبل جانوروں کے بجائے آدمیوں سے آباد ہو گیا ہے۔ ان کی تیوری پر بل نہیں پڑے، بلکہ ایک دن شام کو وہ خود شیروانی پہن کر، فٹن سے اتر کر چھڑی ہلاتے ہوئے ملاحظہ کے لئے وہاں گئے۔ اصطبل کے سارے

وگ عقیدت اور احسان کے بارے بوجھل ہوکر باہر نکل آئے اور سیٹھ جی کا گن گانے لگے۔ انہیں سیٹھ جی دیوتا سروپ معلوم ہو رہے تھے۔ سیٹھ جی اپنی اس نئی رعایا اور غلاموں کی فوج کو دیکھ کر بہت خوش ہوئے۔ بلکہ انہوں نے ایک چھوٹا سا لیکچر بھی دیا۔ انہوں نے وعدہ کیا کہ وہ شرنارتھی بھائیوں کی مدد کے لئے اپنا سب کچھ نچھاور کر دیں گے۔ وہ ایک دو دن میں ایک ہینڈ پائپ لگوا دیں گے تاکہ پانی لانے کے لئے دور نہ جانا پڑے۔ وہ بجلی کا ایک کھمبا بھی قریب لگوانے کی کوشش کریں گے۔ اگر ان کا بس چلا اور میونسپلٹی مان گئی تو وہ آس پاس کا کوڑا کرکٹ ہٹوا کر سارے میدان کو ہموار کرا دیں گے۔ چلتے چلتے انہوں نے دو نوجوان لڑکیوں کو اپنے یہاں برتن مانجھنے کے لئے ۲۰ روپیہ اور روٹی کپڑا پر نوکر بھی رکھ لیا۔ کیونکہ شہر کی کہاریوں کے مزاج بڑے اونچے ہو گئے تھے، اور دوسرے کوئی شریف کہاری ان کے یہاں قدم رکھنا پسند نہ کرتی تھی۔

دو مہینے گذر گئے۔ اس اثنا میں چودھری جی نے ایک ہینڈ پائپ لگوا دیا اور روشنی کے لئے ایک کھمبا بھی وہاں لگ گیا۔ سب طرف چودھری جی کا گن گان ہوتا تھا۔ وہ انہیں سچ مچ دیوتا

سمجھتے تھے۔ چودھری جی بھی اب جلدی جلدی وہاں آنے لگے تھے۔ اب ان کے ساتھ کوئی نہ کوئی ضرور ہوتا۔ کبھی کوئی مقامی لیڈر اور کبھی کوئی افسر۔ وہ بڑے جوش و خروش سے اپنی اسکیمیں ان کو سمجھاتے اور بتاتے کہ اگر حکومت ان کو عمارتی سامان کے پرمٹ دے دے تو وہ ایک شاندار کالونی تعمیر کر ڈالیں گے۔ وہ اس غلیظ علاقے کی صورت بدل ڈالیں گے۔ اصطبل میں رہنے والے انسان بھی ان لیڈروں اور افسروں سے ہاتھ جوڑ جوڑ کر کہتے "ہاں مائی باپ! سیٹھ جی کو عمارتی سامان دو۔ بجلی کا کنکشن دو۔ ہر طرح کی سہولتیں دو۔ سیٹھ جی بڑے دیالو آدمی ہیں" سیٹھ جی نے شرنارتھیوں کے نام پر عمارتی سامان حاصل کرنے کے لئے عرضی دے دی سب لوگوں نے اس پر بڑی خوشی سے دستخط کر دیئے۔

پھر ایک دن خبر ملی کہ سیٹھ جی کو حکومت نے عمارتی سامان کا پرمٹ دے دیا ہے۔ ان کو بجلی کے کنکشن کی منظوری بھی مل گئی ہے۔ انہوں نے کچھ اور زمین خرید لی ہے۔ جمنا اس دن بڑی خوش ہوئی۔ بات یہ تھی کہ وہ اصطبل پر، اس میں بسنے والے انسانوں پر اور چودھری پر بھی اپنا خاص حق سمجھنے لگی تھی۔ وہ سب سے پہلے اس اصطبل میں آکر بسی تھی۔ اس کے بعد جب دوسرے لوگ آئے تو اس

نے کسی کو منع نہیں کیا۔ بلکہ خوش آمدید کہا۔ اُس نے بڑی محنت سے اصطبل کے فرش کو مٹی ڈال کر برابر کیا تھا۔ اس نے ہی پہلے دن چودھری کے پاؤں میں گر کر ان کی رحم دلی، انسان دوستی، اور ان کے دیوتا پن کا گن گان کیا تھا۔ وہ چودہری جی کے گھر جا کر مفت اُن کا کام کر آیا کرتی تھی۔ اس نے بڑی خوب صورت ٹوکریاں بنا کر چودھرائن کو بھینٹ کی تھیں۔ اس لئے جب اسے خبر ملی کہ اب یہ اصطبل ٹوٹ کر ایک خوب صورت کالونی بنے گا تو وہ بڑی خوش ہوئی۔ اس دن اس نے ایک دیے کے بجائے چار پانچ دیے جلائے۔ وہ پھر بیوقوفوں کی طرح خواب دیکھنے لگی۔ کھلی آنکھوں سے، ایسے مکانوں کے خواب جن میں ہر کام کے لئے الگ کمرے ہوں گے۔ نل ہوگا، بجلی ہوگی۔

لیکن ایک دن اسے محسوس ہوا جیسے کسی نے ایک بڑا پتھر اٹھا کر ان کے سر پہ دے مارا۔ ایک لمحہ کے لئے اس کا دماغ مختل و معطل ہوگیا۔ مگر چودھری جی کے آدمی برابر چنگھاڑ رہے تھے۔

"تم کو اس مکان سے، جگہ سے نکلنا ہی ہوگا۔ یہ تمہارے باپ کی جگہ نہیں ہے۔ تم کرایہ نہیں دیتے۔ اب یہاں کوٹھی بنے گی۔"

"لیکن ہم کہاں جائیں؟ سیٹھ جی نے وعدہ کیا تھا کہ کوارٹر بننے تک کے

لئے وہ ہم کو خیمہ دلادیں گے۔ وہ خیمے کہاں ہیں؟ جب تک ہمارے لئے خیموں کا بندوبست نہیں ہوگا ہم یہ اصطبل خالی نہیں کرینگے"

جمنا غصّہ سے پاگل ہو رہی تھی۔

جمنا کے اس سوال کا جواب چودھری صاحب نے آکر دیا۔ لیکن اس دن وہ بولے بھی بہت کم "تم کو یہ اصطبل خالی کرنا ہوگا۔ میں نے تم لوگوں کے لئے دوسری جگہ کا انتظام کرنے کا ٹھیکہ نہیں لیا۔ تم لوگ کہیں بھی جاسکتے ہو—— اتنے شرنارتھی کیمپ کھلے ہوئے ہیں۔"

"لیکن چودھری جی اُن میں جگہ کہاں ہے؟ ہمیں وہاں گھسنے کون دے گا؟ آپ دھنوان ہیں۔ آپ ہمارے لئے سب کچھ کرسکتے ہیں۔ ہمارے لئے خیموں کا بندوبست کرادیجئے۔"

جمنا گڑ گڑا کر بولی۔

"تم سمجھتی ہو کہ خیمے مفت میں آتے ہیں؟ ایک ایک خیمہ کا کرایہ ساڑھے سات روپے ہے۔ دو گی اتنا کرایہ؟"

"مگر چودھری جی آپ ہی نے تو ہمیں یقین دلایا تھا کہ اگر ہم افسروں سے کہہ کر آپ کو عمارتی سامان اور بجلی وغیرہ کے پرمٹ اور اجازت نامے دلوادیں تو آپ ہمارے لئے خوبصورت

کوارٹر بنادیں گے۔ اور جب تک وہ بن کر تیار ہوں گے تب تک
ہمارے واسطے دوسرا انتظام کردیں گے۔ وعدہ کرکے آپ.....!"
"زیادہ بک بک مت کرو۔ میں آخری مرتبہ آگاہ کئے دیتا
ہوں کہ اگر تم نے پرسوں تک یہ جگہ خالی نہ کی تو میں پولیس کو
بھیج کر تم کو یہاں سے نکلوا دوں گا، سمجھیں؟"

اصطبل کے کچھ لوگ سمجھدار تھے۔ انہوں نے دنیا دیکھی
تھی۔ وہ جانتے تھے کہ دولت کے پیادے غریب کے وزیر اور
اس کے ہاتھی کو بھی مار گراتے ہیں۔ ان کے دماغ میں ساری
تصویر پوری طرح واضح تھی۔ چودھری نے انہیں جگہ دیا تھا۔
چودھری نے ان کو اب تک اصطبل میں رہنے دیا تھا تاکہ وہ دکھا
سکے کہ وہ شرنارتھیوں کی مدد کر رہا ہے۔ ان کو آسرا دے رکھا ہے۔
اس طرح وہ اپنی شہرت بڑھا سکے اور اس کے بعد شرنارتھیوں
کے نام پر عمارتی سامان۔ بجلی اور دوسری سہولتیں حاصل کرکے
کوڑیوں کے مول شاندار فلیٹ اور دوکانیں بنا سکے۔ اور
پگڑیاں لے کر اونچے اونچے کرایوں پر اٹھا سکے۔ وہ جانتے
تھے مقامی لیڈروں کے پاس جانے سے کچھ نہ ہوگا۔ انہیں
یقین تھا کہ دفتروں کے طواف بیکار ہیں۔ یہ کہانی نئی نہیں ہے

وہ لوگ دوسری جگہ کی تلاش میں لگ گئے لیکن جمنا پھر احمقوں کی طرح اپنی بات پر اڑ گئی۔

اودھو نے سمجھایا "جمنا تو پولیس کے آنے پر کچھ نہ کر سکے گی۔ یہ زمین تیری نہیں چودھری کی ہے۔ مان جا۔ چلی چل یہاں سے۔ تو نے گاؤں میں اسی طرح میرا ستیاناس کیا۔ کیا یہاں مجھے جیل کی ہوا کھلانا چاہتی ہے؟"

"میں نہیں جاؤں گی۔ تو آگے مت آنا۔ میں دیکھوں گی کون نکالتا ہے مجھے یہاں سے۔ میں نے چودھری کو عمارتی سامان کے پرمٹ دلوائے ہیں ورنہ اس کا باپ بھی پرمٹ نہ لے سکتا تھا۔ آج تک کیوں نہ بنا لیا اس نے یہ اصطبل؟ میں اس کے گلے میں دوپٹہ ڈال کر لاتے لیڈروں کے پاس لے جاؤنگی۔ عدالت میں جا کر چلاؤں گی۔ دیکھوں گی انصاف کی آواز کون نہیں سنتا۔ اب نہیں چلے گی یہ بے ایمانی، یہ دھڑے بازی۔ اب ہمارا راج ہے!"

اس کے بعد کا قصہ بہت مختصر ہے۔ وہ سب کچھ اتنا مختصر تھا اور اتنی جلدی ہو گیا تھا کہ جمنا کو ٹھیک ٹھیک یاد بھی نہ آ رہا تھا۔ اسے صرف دھندلا دھندلا سا یاد تھا۔ پولیس

آئی تھی، کافی سپاہی تھے۔ وہ پہلے تو جی بھر کر چلائی۔ پھر جی بھر کر روئی، اور جب کسی پر بھی اس کا اثر نہ ہوا تو وہ زمین پر لیٹ گئی " آئے جس میں طاقت ہے، میری چھاتی پر سے پیر رکھ کر گذر جائے۔ دیکھوں کونسا مائی کا لال ہے جو مجھے یہاں سے نکالے گا"

اس نے اپنے بچوں کو بھی اپنے برابر لٹا لیا۔ اودھو نے رو کر اور ہاتھ جوڑ کر اس سے کہا تھا " جمنا مان جا۔ ہم پردیسی ہیں۔ غریب ہیں۔ آزادی کی دیوی پر چڑھائے ہوئے بکرے ہیں۔ ہماری کوئی نہیں سُنے گا۔ کیوں مٹی خراب کرتی ہے "

مگر جمنا نے کچھ سنا ہی نہیں۔ وہ سپاہیوں کو چنوتی دیتی رہی " آؤ آگے بڑھو۔ میری چھاتی پر سے پیر رکھ کر گذر و۔ اگر تمہارا کام سیٹھ جیسے ظالموں کی مدد کرنا ہے، اگر تمہارا کام غریبوں کے آخری سہارے کو لٹوانا ہے، تو آؤ۔ مجھے روند ڈالو۔ میرے بچوں کو کچل ڈالو"

وہ اسی طرح دیوانہ وار چلاتی رہی۔ اُسے کچھ پتا نہیں پھر کیا ہوا۔ صرف جب دو دن بعد وہ جیل سے چھوٹ کر آئی تو اُسے پتہ چلا کہ زنانہ پولیس آئی تھی اور اُسے گرفتار کر کے لے گئی تھی۔ اس رات وہ خواب میں بکتی رہی تھی اور پھر اودھو معافی مانگ کر

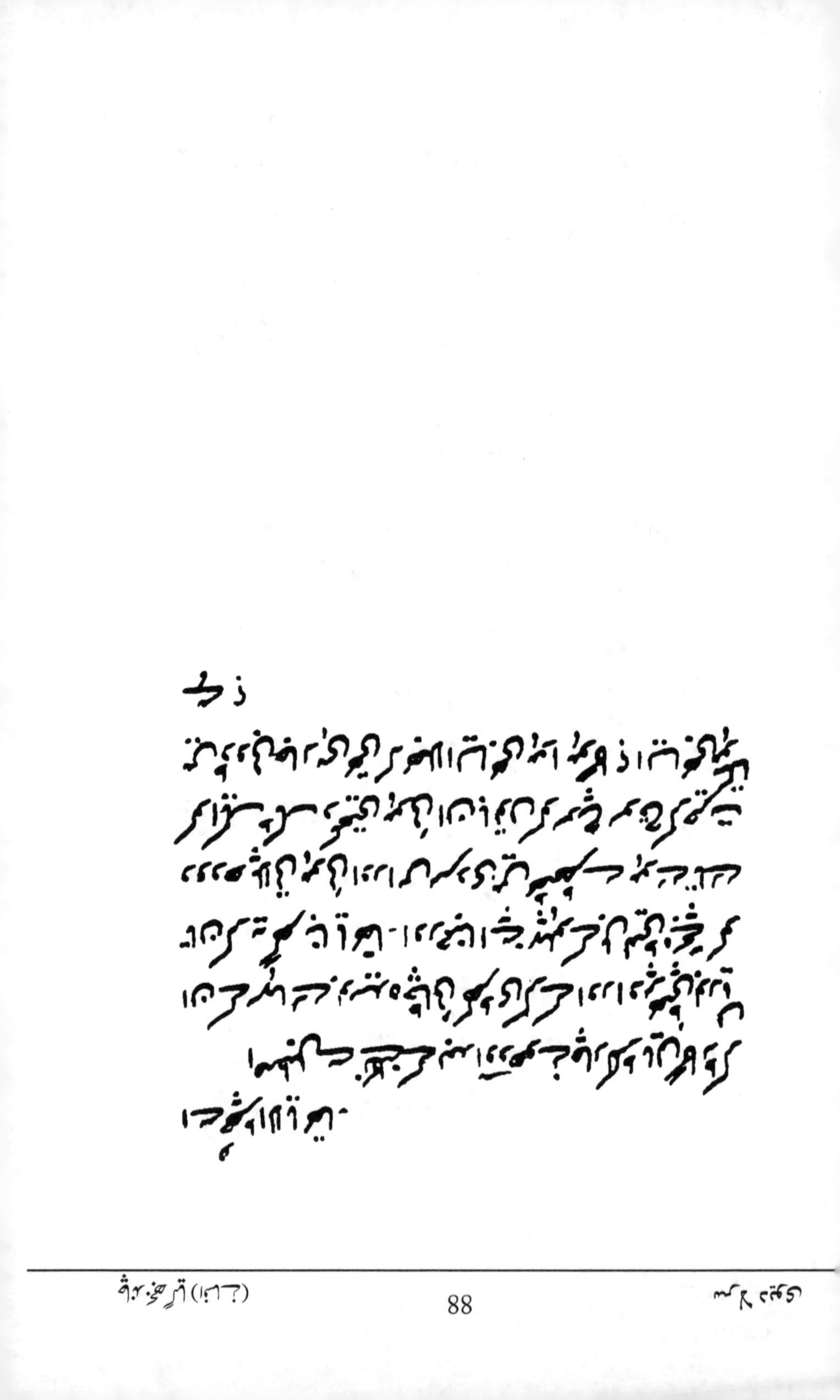

[illegible]

[illegible]
[illegible]
[illegible]
[illegible]
[illegible]
[illegible]
[illegible]
[illegible]